시 읽는 법。

KB104084

시와
처음 벗하려는
당신에게、

김이경

지음

김이경

시와 시인, 시 이야기를 좋아하는 사람. 대학과 대학원에서
역사학을 전공했고, 문학에 관심이 있어 방송대학교에 편입해
영문학을 공부했다. 출판사에서 편집자로 일하며 인문서부터
어린이책까지 다양한 책을 기획하고 만들었다. 지금은 날마다
도서관에서 책을 읽고 쓰면서 독서회 강사로도 활동 중이다.
책을 주제로 한 소설집 『살아 있는 도서관』을 비롯해 책을 어떻게
읽어야 하는지 궁리한 결과를 정리한 『책 먹는 법』, 눈길을
사로잡고 발길을 비추어 준 작품 속 문장들을 모은 『시의 문장들』,
서평집 『마녀의 독서처방』, 『마녀의 연쇄독서』 등 여러 권의
책을 썼다.

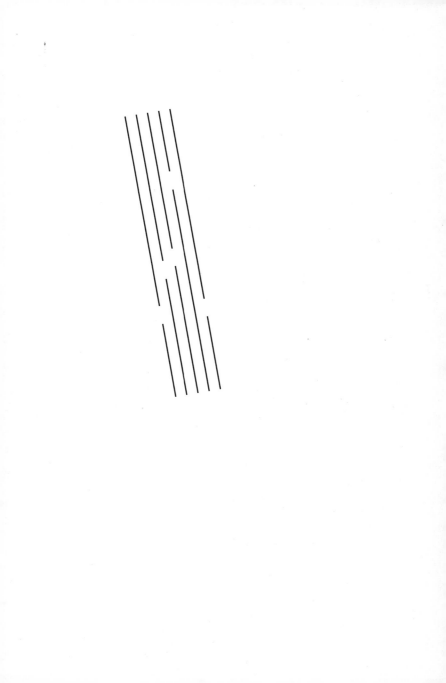

　　살다 보면 뜻하지 않은 일을 할 때가 있습니다. 이 책
이 그렇습니다. 시를 읽는 데 정해진 법이 있다고 생각지
도 않는데 『시 읽는 법』이란 책의 저자가 됐습니다. 하뿔
싸! 몇 마디 변명으로 면피를 꾀해 봅니다.

　　몇 해 전 좋아하는 시구들을 모아 『시의 문장들』이
란 책을 냈는데 그 뒤 시를 주제로 강연이나 북토크를 할
기회가 많았습니다. 시인도 아니고 잘 알지도 못하면서
강의를 하는 게 민망했지만 제가 좋아하는 시 얘기를 하
는 게 신나고 시를 좋아하는 사람들을 만나는 게 즐거워
서 욕심을 냈습니다. 제 욕심 때문에 고생한 분들에겐 미

안한 노릇이나 덕분에 저는 많은 걸 배웠습니다. 시인과 시에 대해 공부하면서 이전에는 몰랐던 사실들을 알게 됐고, 동서고금의 다양한 시들을 찾아 이 책 저 책 뒤적이며 새로운 시들을 만났습니다. 한 편의 시를 이해하기 위해 읽고 또 읽고 궁리하면서 전에는 보지 못했던 상징과 의미를 발견하고 희열을 느끼기도 했지요.

그보다 더 큰 기쁨과 가르침을 준 것은 강의실에서 만난 사람들입니다. 십 대 초등학생부터 칠팔십 대 선배들까지 다양한 세대의 다기한 이력을 가진 수많은 분들이 우물 안의 제게 세상이 얼마나 넓고 사람이 얼마나 아름다운지 보여 주었습니다. 짧은 시 한 편에 눈물짓고, 낯선 비유 앞에서 눈을 반짝이고, 시인의 생애를 더듬으며 아득해지던 그들의 눈빛이 고스란히 떠오릅니다. 그 눈빛이 있어 툭하면 사람에 싫증내던 못된 버릇을 조금은 고칠 수 있었습니다.

배움이 큰 만큼 반갑고 신나는 선물 같은 순간도 많았습니다. 참 좋은 시간이었다고 눈물 글썽이며 제 손을 잡아 준 분들, 직접 쓴 귀한 시로 크나큰 감동을 준 분들이 있어 한밤에 깨어나서도 울지 않을 수 있었습니다. 오랫동안 시는 특별한 재능을 가진 사람만 쓴다고 믿었으나 강의 때마다 자신의 시를 짓고 자신의 이야기를 들려준 많은 이들을 만나면서 그 또한 무지의 편견이었음을 깨달았습니다. 덕분에 사람은 누구나 저마다의 시를 품고 있고 저마다의 시를 쓴다는 걸 더는 의심치 않게 되었습니다.

그이들이 준 뜨거운 가르침이 없었다면 강의록을 정리해 책을 쓰는, 이런 무모하고 열없는 일을 하지는 못했을 겁니다. 시를 전문적으로 공부한 적도 없으면서 이런 책을 내다니, 생각하면 부끄럽습니다. 하지만 시는 결국 삶의 노래라는 그들의 가르침을 떠올리면 감당 못할 부끄러움만도 아닙니다. 부족한 책이지만 그이들과의 만남과 배움을 남기고 싶다는 마음에 이 책을 썼습니다. 허물은 허물대로 짚어 주시되 그 마음은 그대로 읽어 주기 바랍니다. 책의 행간에 깃든 숱한 이들의 열망과 눈물을 읽는다면 당신도 저처럼 세상의 수많은 시 앞에서 오래 따듯할 테니까요.

작은 책이지만 이만큼 오기까지 여러 사람의 수고와 응원이 있었습니다. 처음 시 강의를 제안하고 도와준 심

승희·박현경 사서님, 다양한 기획으로 시야를 넓혀 준 상상마당아카데미의 여러 분들, 강의 녹음과 책 쓰기를 권한 종오 씨, 책을 써야 할지 망설일 때 응원해 준 제주 달리책방지기들, 믿고 기다려 준 유유출판사, 그리고 저를 생각하며 시를 써 준 조은별, 이정희 씨를 비롯해 바쁜 시간을 쪼개 부족한 강의를 듣고 저를 깨우쳐 준 많은 분들께 진심으로 감사 인사를 드립니다. 제게는 당신들이 시였습니다. 박영근 시인이 노래했듯, 캄캄한 어둠 속에서 울다가 만난 작은 빛이었습니다. 그 빛이 저를 나아가게 합니다. 고맙습니다.

1
시가
뭘까?

반갑습니다! 날도 궂은데 많이들 오셨네요. 오는 길은 좀 힘들었겠지만 사실 이런 날이 시 읽기엔 좋아요. 바람 불고 빗방울도 좀 떨어지고 그래서 쓸쓸하고 허전하고 그런 날. 부지런한 살림꾼이라면 청소하기 좋은 날이라고 하겠지만, 아무래도 저같이 게으른 감상주의자는 이럴 때 걸레보다는 시집을 찾게 돼요. 여러분도 그렇죠? 그러니까 이런 날씨에 시를 읽겠다고 오셨겠지요. (☺☺)

그런데 왜 날이 쓸쓸하고 마음이 울적하면 시가 당기는 걸까요? 저기압이라 몸도 마음도 가라앉고 감상적이되기 쉬워서 그런지. 암튼 제 생각엔 예술 장르 중에 가장 감성을 자극하는 게 시 같습니다. 이 점에선 음악도 시 못지않긴 해요. 쓸쓸한 날 오펜바흐의 「자클린의 눈물」 같은 음악 들으면 막 눈물 나고, 특히 가사가 있는 노래는 금세 마음을 움직이죠. 다 내 얘기 같고 공감되고.

그런데 이 가사가 결국 시거든요. 원래 시가 노래에서 나온 것이고요. 그러니까 시는 정말 호소력이 강한 예술이라고 할 수 있습니다. 사람들이 시가 어렵다고 하면서도 누가 시를 외거나 낭송하면 금방 몰입하고 감동받는 것도 그래서죠. 아마 여러분 중에도 지하철 기다리다가 스크린도어에 적힌 시 보고 갑자기 울컥했던 분 있을 거예요. 라디오에서 흘러나오는 시 구절에 눈시울이 뜨거워진 적도 있으실 테고요.

지난 설 때였어요. 라디오 들으면서 설거지를 하는데 진행자가 시 한 편을 소개하더라고요.

할머니는 겨울이면 무를 썰어 말리셨다

이렇게 시작하는 시였는데, 나중에 찾아보니 조향미 시인의 「온돌방」이란 시더군요. 그때는 시 제목도 모르고 그냥 들었어요. 그러다 점점 귀를 세우고 듣는데,

18

아궁이엔 지긋한 장작불
등이 뜨거워 자반처럼 이리저리 몸을 뒤집으며
우리는 노릇노릇 토실토실 익어갔다

하는 대목에서 아련해지더니,

그런 온돌방에서 여물게 자란 아이들은
어느 먼 날 장마처럼 젖은 생을 만나도

하는데 그냥 눈물이 흐르는 거예요.

다음 시구가 계속 이어졌지만 그건 귀에 들어오지도 않고, "장마처럼 젖은 생"만 곱씹으면서 설거지하다 말고 훌쩍였어요. 장작 때는 집에서 살아 본 적은 없지만 어릴 적에 뜨끈한 아랫목에서 자반처럼 몸을 뒤집은 추억은 있으니까 그 시절이 떠오르고, 나도 한때는 "노릇노릇 토실토실"한 아이였는데 이제는 장마처럼 젖은 인생이구나, 나만이 아니라 식구들이 다 그렇게 젖어 가는구나 싶고……. 사실은 그날, 원고 마감은 코앞인데 부엌일은 많고 몸살 기운까지 있어서 스트레스가 쌓이고 있었거든요.

그런데 시를 들으며 울고 나니까 마음이 맑아지면서 짜증이 사라지는 거예요. 시 한 편에 사람이 순해진 거죠. 아마 여러분도 이런 경험이 한 번쯤은 있으실 거예요. 아직까지 없어요? 그러면 이번에 꼭 경험해 보기 바랍니다.

시를 읽으면 왜 마음이 움직일까?

시에는 이렇게 나도 모르는 내 마음을 흔들어 깨우고 지친 마음을 위로하는 힘이 있습니다. 그런데 왜 그럴까요? 도대체 시가 뭐기에 삽시간에 사람 마음을 쥐락펴락하는 걸까요? 문장이 멋져서? 시구가 좋으니까? 맞아요. 문장이, 시의 내용이 마음을 울리지요.

제가 『마녀의 독서처방』이란 책을 낼 때 편집자가 표지에 "이렇게 살 수도 이렇게 죽을 수도 없을 때"라는 문구를 넣었는데 그 문장에 혹해서 책을 샀다는 독자를 여럿 봤어요. 네, 최승자 시인의 「삼십 세」라는 시의 첫 구절이지요. 그 시가 발표된 게 1981년이니까 거의 사십 년 전입니다. 당시에 "이렇게 살 수도 이렇게 죽을 수도 없을 때/서른 살은 온다"는 시구에 밑줄 긋던 분들이 지금 일흔 가까이 되신 건데, 놀라운 건 요즘의 이삼십 대도 그 문장을 보면 가슴이 뭉클해져서 밑줄을 긋는다는 겁니다. 여기 오신 이삼십 대 분들, 칠십대 노인 만나면 어색하죠? 할 얘기도 없고. 건강하시냐, 건강하시라 하는 말이 고작이에요. 그런데 생각해 보세요. 그분들도 예전엔 "이렇게 살 수도 이렇게 죽을 수도 없을 때/서른 살은 온다"에 밑줄 그었어요. 어쩌면 지금도 그 문장을 보면 가슴 한쪽이 서늘해질지도 몰라요. 이런 생각하면 나이나 세대를 넘어서 할 이야기가 생길 겁니다. 또 얘기하다 보면 서로 비슷하게 통하는 게 있다는 걸 알게 되고요. 그러니까 좋은 시, 마음을 울리는 문장은 시공간을 넘어서 사람을 이어 주는 힘이 있다고 할 수 있습니다.

그런데 시가 가진 호소력에는 공감 가는 내용만이 아니라 시 고유의 형식도 한몫을 합니다. 영화 『아웃 오브 아프리카』 아시죠? 메릴 스트립이랑 로버트 레드포드가 나오는. 원작은 카렌 블릭센이라고, 『바베트의 만찬』이라는 작품으로도 유명하고 노벨문학상 후보에도 몇 차례 올랐던 덴마크 작가가 썼어요. 17년 동안 케냐에서 커피 농장을 했던 때를 회상하며 쓴 책인데 워낙 아름답고 깊이가 있어서 당시 수상자였던 헤밍웨이가 자기보다 블릭센이 노벨상을 받아야 한다고 수상 소감을 말했다고 합니다. 아무튼 그 책에 보면 '원주민과 시'라는 짧은 에피소드가 있어요. 어느 날 블릭센이 옥수수 수확을 하면서 어린 일꾼들에게 스와힐리어로 시를 지어 들려줘요.

"은굼베 나펜다 춤베, 와캄바 나쿨라 맘바"(황소는 소금을 좋아해, 와캄바는 뱀을 먹어) 일꾼들은 재미있어하며 나를 둘러쌌다. 그들은 시에 의미가 없음을 재빨리 알아채고 주제에 대해서는 묻지 않았으며 운을 맞춘 시어가 나오기를 기다렸다가 깔깔거리고 웃어 댔다. 그들은 시에 익숙해지자 졸라 댔다. "또 해 주세요. 비처럼 말하는 거요."*

이걸 보니까 어릴 적에 「리자로 끝나는 말」이라는 노래로 친구들이랑 놀던 게 떠올랐습니다. 윤석중 선생이지은 원래 노랫말은 "리리리자로 끝나는 말은 괴나리 보따리 댑싸리 소쿠리 유리항아리"인데, 우리는 개구리, 미나리, 메아리, 가오리 등등 온갖 '○○리'로 즉석에서 가사 바꿔 부르기를 하다가 못하면 벌칙을 주고 그러면서 놀았거든요. 각운의 흥겨운 리듬을 이용한 말놀이였는데 사실은 그게 시였어요. 시는 다양한 라임(압운)과 장치로

---

* 카렌 블릭센, 『아웃 오브 아프리카』(열린책들, 2009) 256쪽.　　　　22

운율을 만드는데 때로는 시구의 내용이나 의미보다 이 리듬이 더 감동을 불러일으킵니다.

제가 강의 때마다 여러분에게 시 낭송을 부탁하는데, 시는 소리 내서 읽으면 그냥 눈으로만 읽을 때는 몰랐던 감정의 격동을 느낄 수 있기 때문입니다. 똑같은 시도 어떤 사람이 낭송하느냐에 따라 느낌이 달라지고 운율을 잘 살려서 읽으면 감동이 훨씬 크지요. 그러니까 시를 읽을 때는 시가 가진 형식을 염두에 두어야 합니다.

보통 시는 행을 갈라서 쓰고 또 행들이 모인 연을 나누잖아요. 이 형식이 주는 독특한 감흥이 있습니다. 내용면에서 의미를 배가시키기도 하고요. 물론 이런 형식을 띤 것을 모두 시라고 부를 수 있는 건 아닙니다. 대중적으로 아주 큰 인기를 끈 시 중에는 행갈이를 없애고 이어 놓으면 평범한 산문과 다름없는 것들도 많습니다. 행을 나눠서 썼기 때문에 시적으로 느껴지는 것인데, 이것은 시적 형식이 가진 힘을 보여 주는 것이기도 하지만 동시에 생김새가 시라 해서 다 시는 아니다, 정확히 말하면 완성도 있는 시는 아니라는 걸 보여 줍니다. 그럼 도대체 시가 뭘까요?

도대체 시가 뭡니까?

참 어려운 질문이에요. 인생이 뭐냐, 너는 누구냐, 나는 어떤 사람이냐? 이런 정체성을 묻는 질문, 정의를 요구하는 질문은 하기는 쉬운데 대답하긴 정말 어려워요. 시가 뭐냐는 질문도 그래요. 아마 그래서 많은 시인들이 이 질문을 끌어안고 고민하고 이런저런 답을 내놓은 것 같아요. 그중에 제 마음을 울린 대답을 몇 개 소개하겠습니다. 우선 19세기 미국의 시인 에밀리 디킨슨은 이렇게 말했어요.

어떤 책을 읽는데 전신이 얼어붙어 어떤 불기로도 몸을 덥힐 수 없게 되면, 나는 그것이 시인 줄 안다. 머리 맨 위가 떨어져 나간 듯 몸이 반응해도, 나는 그것이 시인 줄 안다. 이것이 내가 시를 알아보는 유일한 방법이다. 다른 방법이 있을까?

시가 무엇인가에 대한 대답 중 가장 뜨거운 답인 것 같아요. 에밀리 디킨슨은 1,800편이 넘는 시를 썼지만 생전엔 일곱 편인가만 발표했어요. 시집도 한 권 안 냈고,

식구들이랑 가까운 사람 몇 빼고는 그녀가 시를 쓰는 줄도 몰랐지요. 그런데 사실은 매일 쉬지 않고 시를 썼던 거예요. 정수리에 번개를 맞은 것 같은 그런 충격을 주는 것이 시라고 생각하면서, 그런 격렬한 마음의 파동을 느끼면서. 그런 전율을 주는 시를 쓰려고 애쓰면서 세상이 모르게 수천 편을 쓴 거죠. 그녀가 쓴 시가 궁금하지 않나요? 나중에 그의 시에 대해 얘기할 시간이 있길 바랍니다. 아무튼 그녀는 읽는 순간 독자가 감전당하는 것이 시라고 생각했고 그런 시를 썼어요. 저도 그게 시의 본령이라고 생각하고 그런 시를 찾아 읽으려고 노력합니다.

그런가 하면 디킨슨과 비슷하지만 조금 차갑고 이성적인 대답도 있어요.

시는 자신을 용서하지 않는 반성이에요.
어떻게 반성해야 할지 모르겠다고 하지 마세요.
'왜 나는 반성하지 않는가'도 반성이에요.*

이성복 시인이 시에 대해 강의하면서 한 얘기인데 꼭 시 같지요? 시인은 역시 다른 것 같습니다. 이성복 시인은 시는 반성이라고 해요. 반성이 뭔가요? 반성이 한자로

---

* 이성복, 『불화하는 말들』(문학과지성사, 2015).

反省인데 돌이켜 살핀다는 뜻이에요. 돌아본다, 다시 살핀다는 건 내가 무엇을 봤는지, 제대로 봤는지, 왜 그것을 봤거나 못 봤는지 의심하고 확인하는 거라고 할 수 있습니다. 그러니까 시란 눈에 보이는 사물, 현실을 돌이켜서 다시 보는 것이란 뜻입니다.

우리는 늘 무엇을 봅니다. 사람도 보고 집도 보고 차도 보고 나무도 보고. 그런데 막상 오늘 본 것을 표현하라고 하면 막막한 경우가 많습니다. 매일 보는 풍경이고 사람이니까 그냥 스치듯 무심히 보거든요. 만약 그럴 때 내가 본 대상이 또렷하게 구체적으로 떠올랐다면 그것은 평소와 다른 느낌이나 의미가 있었기 때문일 거예요. 그 대상에 잠시라도 마음을 주었던 거고 무심코 그냥 본 게 아니라 돌이켜서 다시 살핀 것이지요.

보는 것은 일상적으로 하는 행위지만 시인은 이것을 의식하고 내가 어떤 대상을 왜, 어떻게 보았는지 스스로 자문합니다. 대상을 정확히 보았는지, 본다는 행위에 어떤 의도가 있었는지, 보는 '나'는 어떤 존재인지, 계속 묻는 거죠. 시란 이런 물음의 과정이고 탐구이고 그 답이라고 할 수 있습니다. '자신을 용서하지 않는다'는 것은 그 물음에 쉽게 답하고 안주하지 않겠다는 결의의 표현이고요. 그러니까 이 말은 시란 끝없는 질문이고 의심이고 무엇보다 자신에 대한 끝없는 회의를 담고 있음을 의미합니다.

'반성'이 시를 대하는 철학이나 자세와 관련된다면 아래 인용문은 시의 형식에 관해 이야기한 것입니다.

> 시는 우리 자신과 언어의 대화예요.
> 그러니까, 언어가 하려는 얘기를 귀담아들어야 해요.
> 언어는 너무 중요해서 늘 잊혀요.
> 작가는 언어를 배려해 주는 사람이에요.*

> 우선 요란을 떨지 않아야 되겠죠. 진짜 좋은 시는 여백으로 꽉 차 있는 시죠. 더 이상 깎을 말이 없고 더 이상 덜어 낼 말이 없는 꽉 차 있는 시. 그리고 그런 여백이 있어야 음악성이 나오거든요. 과감한 생략 속에서 음악이 발생하지, 산문화시켜 버리면 음악이 끼어들 수가 없죠.**

시는 산문과 마찬가지로 언어의 예술입니다. 당연한 얘긴데 실제론 문학이 언어로 하는 예술이란 걸 사람들

---

* 이성복, 『불화하는 말들』(문학과지성사, 2015).
** 이시영 시인 인터뷰, 「리얼리즘 산증인 이시영, '시를 읽지 않는 시대'에 답하다」(최규화 기자, 『북DB』, 2016.08.19)

27

이 자주 잊습니다. 글의 내용만 생각하고 어떤 언어를 사용했는지는 별로 생각을 안 하는 경우가 많거든요. 재미있는 얘기가 있어요. 프랑스의 인상파 화가 드가 아시죠? 발레리나 많이 그린. 그 사람이 원래 시를 좋아해서 시인이 되고 싶어 했대요. 그런데 시를 쓰는 게 너무 힘드니까 친구인 시인 말라르메한테 하소연했지요. 하루 종일 시를 생각하는데도 도무지 쓸 수가 없다고. 그랬더니 말라르메가 "시는 생각하는 게 아니라 언어로 만드는 거야"라고 했답니다.

시를 영어로 poetry라고 하죠. 이 말이 그리스어 포에시스poesis에서 나온 건데 포에시스란 '만들다, 제작하다'는 말이래요. 그러니까 시라는 말 자체가 '말로 만든다, 말을 만든다'는 뜻입니다. 시에서 언어가 그만큼 중요하단 얘기죠. 산문에서도 언어가 중요하지만 시는 산문보다 훨씬 적은 언어를 사용한다는 점에서, 시인이 쓰는 언어는 밀도가 좀 더 높다고 할 수 있습니다. 따라서 읽는 사람도 시인이 고르고 골라 아껴 쓴 언어를 민감하게 의식해야 합니다. 왜 이런 표현을 썼는지, 마음을 써야 하지요. 이성복 시인이 "언어를 배려한다"고 표현했는데 마음을 쓰는 게 곧 배려입니다.

언어를 배려한다는 건 말만이 아니라 말과 말 사이의 틈, 여백에도 마음을 쓴다는 걸 의미합니다. 여백에도 의미가 있으니까요. 이시영 시인은 여백이 많은 시를 쓰는데 그걸 읽으면 짧아도 여운이 오래가요. 말수가 적은 사람이 어쩌다 한마디 하면 말 많은 사람이 얘기할 때보다 오래 생각하잖아요. 그 사람이 소리 내어 하는 말뿐만 아니라 말과 말 사이에서 멈칫하거나 말을 고르는 모습에도 마음을 쓰고 몸짓과 침묵, 표정까지 읽으려고 노력하지요. 시를 읽고 쓴다는 건 그런 노력이고 여백의 의미를 헤아리려고 애쓴다는 걸 뜻합니다.

나는 모르겠어!

시가 어렵게 느껴지는 건 이해하기 힘든 비유나 표현 때문이기도 하지만, 실은 이렇게 고르고 고른 말도 아껴서 쓰기 때문인 것 같아요. 더구나 말이 아닌 침묵의 효과까지 고려해서 쓴 것이니 만큼 더 천천히 섬세하게 읽어야 이해가 되죠. 그런 점에서 시를 읽는 것은 쓰인 문장만이 아니라 이런 시인의 노력을 읽는 것이기도 합니다.

어렵다고요? 그럴 수도 있지만 생각해 보면 시라서

어려운 게 아니라 뭔가를 안다, 이해한다는 것이 원래 어려운 게 아닌가 싶습니다. 그렇기 때문에 조금이라도 알게 되면 더 신나고 행복해지는 것이고. 몰랐던 걸 새로 아는 것처럼 즐겁고 신나는 일이 없잖아요. 그런데 이런 즐거움을 느끼려면 모른다는 마음이 있어야 합니다. 제가 참 좋아하는 폴란드 시인 비스와바 쉼보르스카가 노벨상 수상연설에서 이런 말을 했어요.

> 스스로에게 끊임없이 새로운 질문을 던지지 않는 모든 지식은 머지않아 소멸하고 맙니다. 그렇기 때문에 "나는 모르겠어"라는 두 단어를 저는 높이 평가하고 싶습니다. 진정한 시인이라면 자신을 향해 끊임없이 "나는 모르겠어"를 되풀이해야 합니다. 시인은 자신의 모든 작품을 통해 이 질문에 대답하기 위해 끊임없이 노력하는 사람입니다.*

쉼보르스카는 시인에겐 모른다는 마음이 가장 중요하다고 합니다. 모른다고 생각하면 열심히 자세히 보게 되는데, 그러다 보면 새롭게 보게 되고 새로운 것을 보게 돼요. 새로운 발견, 새로운 표현이 나오는 거지요. 릴케가

---

* 비스와바 쉼보르스카 외, 『아버지의 여행가방: 노벨문학상 수상연설집』(문학동네, 2009).

『젊은 시인에게 보내는 편지』에서 "질문 자체를 낯선 말로 쓰인 책처럼 사랑하라"고 조언한 것도 비슷한 얘기입니다. 모른다는 마음, 진심으로 궁금해하고 알고 싶어 하는 마음, 이런 겸손과 호기심이야말로 시의 출발점이라 할 수 있습니다.

얘기를 하다 보니 시가 뭔지 분명해지기는커녕 오히려 더 아리송해지는 것 같습니다. 더 이상 중언부언하는 것보다 시가 무엇인지 말해 주는 좋은 시 한 편을 같이 읽는 게 낫겠어요. 이문재 시인의 『지금 여기가 맨 앞』이라는 기막힌 시집이 있는데 거기 실린 「봄날」이라는 시입니다.

대학 본관 앞
부아앙 좌회전하던 철가방이
급브레이크를 밟는다.
저런 오토바이가 넘어질 뻔했다.
청년은 휴대전화를 꺼내더니
막 벙글기 시작한 목련꽃을 찍는다.

아예 오토바이에서 내린다.

아래에서 찰칵 옆에서 찰칵

두어 걸음 뒤로 물러나 찰칵 찰칵

백목련 사진을 급히 배달할 데가 있을 것이다.

부아앙 철가방이 정문 쪽으로 튀어 나간다.

계란탕처럼 순한

봄날 이른 저녁이다.

바쁘게 움직이던 배달 청년이 갑자기 꽃 사진을 찍는 일상의 한 장면을 보고 썼어요. 하나도 어려울 게 없는 시지요. 그리고 제 생각엔 시가 무엇인지 참 잘 보여 주는 것 같아요. 보통 배달하는 분들 보면 굉장히 바쁘지요. 배달이 시간 싸움이니까 오토바이도 빨리빨리 아주 위험하게 몰고 그러잖아요. "부아앙"이란 의성어에 그런 모습이 담겨 있어요. 그런데 그렇게 정신없이 움직이던 청년이 갑자기 멈춰요. 예쁘게 피기 시작한 꽃을 보고. 문득 시야에 들어온 꽃에 마음이 꽂혀서 급브레이크를 밟아요.

시가 뭐냐고 물으면 전 이게 시라고 답하고 싶습니다. 만날 보는 풍경 그냥저냥 봐 넘기기 쉬운데, 청년은 이제 막 피어나는 꽃을 알아채고 돌아봐요. 그리고 잠깐

이지만 온 마음을 줘요. 관성적인 움직임을 멈추고 다른 세상을 발견하는 거예요. 시인의 마음이고 시인의 눈입니다. 또 일상의 속도, 정신없이 휘몰아치는 세상의 시간에 급브레이크를 밟잖아요. 전 그게 바로 시라고 생각해요. 그래서 우리가 시를 좋아하고 읽는다고 생각해요. 잠시 세상의 속도에서 벗어나 나를 돌아보고 다른 세상을 느끼면 여유가 생기고 힘이 나지요. 시가 그런 거 같아요. 인생이 늘 시적인 건 아니지만 그 별 볼 일 없는 삶에도 시적인 순간은 있고, 그걸 붙잡을 때 우리는 시인이 되고 우리 인생도 시가 된다고, 이 시가 가르쳐 주는 것 같습니다.

옛날 옛적에 시가 있어

시의 정의에 대해선 이쯤하고 이제 시가 언제 처음 생겨났는지, 사람들이 언제부터 시를 쓰고 즐겼는지 살펴볼까요? 사람들이 시를 왜 그렇게 좋아했는지 알면 시가 무엇인지 더 잘 알 수 있을 겁니다.

시가 언제 생겨났는지는 아무도 모릅니다. 분명한 건 시가 가장 오래된 문학 장르라는 거예요. 흔히 문학 장르를 말할 때 운문인 시와 산문인 소설·수필, 이런 식으로 나누잖아요. 소설은 18세기 산업혁명 시대에 생겨난 근대의 장르고, 에세이 즉 수필은 15세기에 몽테뉴가 쓴 『에쎄』Les Essais, 우리나라에서는 『수상록』으로 번역된 책에서 비롯됐다고들 합니다. 그런데 시는, 현존하는 가장 오래된 『길가메시 서사시』가 서기전 21세기경 작품이라니까 거의 사천 년이 넘은 거예요. 길가메시는 서기전 2800년경 수메르를 다스린 왕인데 그의 이야기가 시로 구전되다가 서기전 2100년 무렵에 기록되었다고 해요. 또 서구 문학의 대표적인 고전으로 꼽히는 그리스의 서사시 『일리아드』와 『오디세이아』는 서기전 900~800년경에 쓰였고 인도의 대서사시 『마하바라타』는 서기전 400년경 작품이니까, 전 세계인들이 아주 오래전부터 시를 즐긴 건 분명하지요.

이런 고대의 서사시들은 길가메시나 오디세우스 같은 영웅 이야기, 바라타 왕국의 권력투쟁이나 트로이전쟁 같은 역사 이야기를 담고 있습니다. 그래서 우리는 이 작품들을 통해 영웅적인 인물의 삶은 물론이고 그런 사람들이 살았던 나라의 문명과 역사에 대해서도 알게 됩니다. 수메르, 그리스, 인도처럼 큰 국가를 이뤘던 고대문명만이 아니에요. 아프리카의 부족 같은 경우도 자신들의 역사를 서사시로 전했어요. 부족의 기원, 신화, 역사 등을 서사시에 담아 입에서 입으로 구전한 겁니다. 아마 처음엔 자기 집안의 역사, 부족의 역사, 국가의 역사를 운율이 있는 문장에 담아 후손에게 전했겠지요. 노랫말로 하면 외우기 쉬우니까 중요한 이야기를 대대손손 전하는 데 운문을 활용했을 거예요.

약간 다른 얘기지만, 역사상 가장 넓은 지역을 지배한 최고의 정복자가 칭기즈칸인데 칭기즈칸 군대에서는 군령이나 전략 전술을 노래로 만들어 전했대요. 잭 웨더포드라는 역사가가 쓴 『칭기즈칸, 잠든 유럽을 깨우다』란 책에 그런 얘기가 나와요. 몽골 전사들은 글을 몰랐지만 일련의 정해진 선율과 시의 양식을 알고 있어서 그에 맞춰 명령을 전달했고, 늘 그런 노래를 연습했기 때문에 명령을 이행하는 데 아무 문제가 없었답니다. 이 책을 보면 문자가 없다고 해서 몽골 문명의 수준이 낮은 건 아니었고 지배체제나 종교정책 등에서 매우 선진적이었음을 알 수 있어요.

얘기가 딴 데로 흘렀는데, 아무튼 이런 사실만 봐도 운율이 있는 문장, 즉 운문의 힘을 알 수 있고 왜 일찍부터 운문인 시가 발달했는지 이해가 갑니다. 이런 점에선 사건을 이야기하는 서사시만이 아니라 서정시도 마찬가지입니다.

마음을 담은 서정시

서정시란 작자의 감정과 감상을 그린 시로, 요즘 우리가 접하는 대부분의 시가 서정시입니다. 고대에는 서사시와 극시劇詩가 유행했지만 근대에 들어 소설과 희곡이 독립된 장르로 발달하면서 시는 주로 서정시가 되었지요. 서정시를 영어로 lyric이라고 하는데, 작은 하프처럼 생긴 그리스 현악기 리라lyre에서 나온 말입니다. 악기를 연주하면서 자신의 감정을 노래한 데서 기인한 것이지요. 서정시가 본격적으로 발전한 것은 근대 이후지만 고대에도 서정시는 있었습니다. 중국 문학의 시조로 꼽히는 『시경』만 봐도 알 수 있습니다.

『시경』은 주나라 초기(서기전 11세기)부터 춘추시대 중기(서기전 6세기)까지 전해오던 시가를 엮은 중국 최초의 시집입니다. 당시 조정에선 각지에 채시관採詩官을 파견해 민간에서 유행하는 노래를 모았답니다. 노래 가사로 민심의 동향을 파악한 거지요. 『시경』은 그렇게 전해진 3천여 편의 시가 중 305편을 뽑아 엮은 것인데, 예전에는 사마천이 『사기』에 기록한 대로 공자가 『시경』을 편찬했다고 믿었지만 요즘 학자들은 그 이전에 편찬됐을 것으로 봅니다. 다만 공자(서기전 551~서기전 479)가 『시경』을 매우 중시했고, 반드시 읽어야 할 여섯 책, '육경'의 하나로 정리해서 후대에 큰 영향을 끼친 것은 분명합니다.

경전으로까지 꼽힌 책이니 진지하고 심각한 내용만 있을 것 같지만 『시경』에는 왕을 찬양하는 서사시나 국가 행사 때 사용한 형식적이고 교훈적인 시들은 물론, 일할 때 부른 노동요, 사랑을 고백하거나 이별의 아픔을 노래한 시, 결혼해 달라는 청혼가도 있습니다. 한마디로 중국 사람들은 수천 년 전부터 자신의 삶과 감정을 시로 노래했던 거지요. 우리나라 최초의 시로 알려진 고조선 시대의 「공무도하가」도 서정시라고 할 수 있는데, 이에 대해선 뒤에서 좀 더 자세히 살펴보겠습니다.

고대의 서정시 하면 그리스의 사포를 빼놓을 수 없습니다. 최고의 서정시인으로 꼽히는 사포는 서기전 7세기경에 활동했는데, 그가 리라를 켜면서 읊은 시가 여러 작가들의 인용문을 통해서 오늘날까지 부분부분 전해지고 있어요. 사포가 얼마나 대단하냐면, 여러분 잘 아는 철학자 플라톤이 사포를 열 번째 무사이mousai라고 했을 정돕니다. 예술을 관장하는 아홉 여신을 무사이, 영어로 뮤즈 muse라고 하는데 사포를 그 속에 포함시킨 거예요. 플라톤은 시가 철학적 사유를 방해한다고 시인 추방론까지 주장한 사람입니다. 그런 플라톤이 사포를 여신이라고, 신처럼 시를 잘 쓴다고 칭찬했으니 알 만하지요. 말이 나온 김에 사포의 시 한 토막을 읽어 볼까요?

어떤 이는 기병대를, 어떤 이는 보병대를
또 어떤 이는 함대를 말한다, 검은 대지 위에서
가장 아름다운 것이라고. 하지만 나는 각자가
사랑하는 사람이라 말하리.

사포는 그리스 레스보스 섬 사람입니다. 레즈비언이란 말이 있지요? 여성 동성애자를 가리키는 레즈비언은 원래 '레스보스 사람'이란 뜻이에요. 일설에는 사포가 동성애자였는데 유명해지는 바람에 레즈비언이 지금 같은 뜻이 됐다고 하는데, 글쎄요. 사포는 양성애자였고 고대 그리스에선 동성애도 양성애도 흔했답니다. 아마 나중에 기독교가 지배하면서 동성애는 물론, 사랑을 노래하는 여성 시인이란 존재가 사회적으로 금기시되면서 이런 말이 나온 게 아닌가 싶어요.

어쨌든 레스보스 섬은 시인이나 사랑과 인연이 깊은 것 같습니다. 오르페우스라고, 그리스 신화에 나오는 전설적인 시인 음악가가 있지요. 에우리디케와의 러브스토리로 유명한. 오르페우스는 사랑하는 아내 에우리디케가 죽자 리라 연주로 저승의 신 하데스의 마음을 움직여서 아내를 저승에서 데리고 나와요. 하지만 도중에 절대 돌아보지 말라는 말을 어겨서 결국 아내는 다시 저승으로 돌아가고 상심한 오르페우스는 죽은 아내만 그리면서 여자들을 멀리합니다. 요즘 같으면 인기스타였던 오르페우스가 자신을 좋아하는 팬들을 외면한 거죠. 화가 난 여성 팬들은 그를 잔인하게 죽인 뒤 시신을 갈가리 찢어 사방에 버렸답니다. 그때 강물에 던져진 머리가 노래를 부르면서 레스보스 섬으로 흘러가자 섬사람들이 시신을 수습해 예를 갖춰 묻어줬대요. 위대한 서정시인의 고향답지요? 최근에는 목숨 걸고 지중해를 건너온 난민들을 품어준 사랑의 섬으로도 유명해졌는데, 너무 많은 난민들이 몰리면서 갈등도 겪고 있지만 다른 어느 곳보다 따스한 사람들이 사는 곳임은 분명한 것 같습니다. 제가 궁금해서 레스보스 섬을 인터넷으로 찾아봤는데 섬 곳곳에 사포의 동상이며 시를 새긴 조형물들이 있고 개중엔 앞서 소개한 시를 새긴 벽화도 있더군요.

말씀드렸듯이 호메로스의 『일리아드』 같은 서사시는 전쟁에서의 승리를 기리고 전쟁 영웅을 찬양하는 시인데 사포의 서정시는 달라요. 번쩍이는 갑옷에 무기를 들고 행진하는 군대를 보고 세상은 멋지다고 감탄하지만 사포는 그 무리 속의 한 사람, 내가 사랑하는 사람이 가장 아름답다고 말해요. 개개인이 지워진 군대 행렬이 아니라 그 속에 있는 한 사람 한 사람의 아름다움과 소중함을 노래한 거지요. 서사시와 다른 서정시의 특징이랄까 힘을 보여 주는 시고, 나아가 전쟁의 광기에 반대하는 평화와 사랑의 시라 할 수 있습니다.

시대를 초월한 공감의 힘

사포의 시가 플라톤의 책처럼 한 권으로 묶여서 전해지는 것도 아닌데 지금까지 애송되는 것은 그만큼 사람들이 누군가를 사랑하는 마음에 공감한다는 뜻일 겁니다. 그리고 이 공감이야말로 서정시가 그토록 오랜 세월 사람들의 사랑을 받는 주된 요인이라고 할 수 있습니다. 앞서 공자와 『시경』 얘길 잠깐 했지만, 공자는 『시경』을 공부하지 않은 사람하고는 말이 안 통한다고 했을 만큼 시를 아주 중시하고 좋아했습니다. 그런데 제자들은 시에 별 관심이 없었는지, 공자가 개탄을 해요.

제자들아! 너희들은 어찌하여 시를 배우지 않느냐? 시는 감정을 일으키고, 관찰하게 하며, 사람들을 모이게 할 수 있고, 원망할 수 있게 하며, 가까이는 어버이를 섬기고 멀리는 군주를 섬기며, 새와 짐승, 초목의 이름에 대해 많이 알게 한다.

『논어』 '양화편'의 한 대목인데, 여기서 보면 공자는 시의 의미랄까 쓸모를 크게 세 가지로 이야기합니다. 첫째는 관찰력. 시를 읽고 쓰다 보면 사소한 것도 그냥 넘기지 않고 꼼꼼히 잘 보게 되고 동식물의 이름이며 생태에 대해서도 관심을 갖게 된다는 거죠. 둘째는 '감정을 일으키고 사람들을 모이게 하고 원망하게' 하는 힘입니다. 공감력이지요. 시를 매개로 타자의 감정을 헤아리고 공감할 때 위로도 얻고 연대도 가능해진다는 겁니다. 세 번째는 사회적 영향력입니다. 앞의 공감의 힘과 연결되는 것으로, 개별적인 공감이 사회정치적인 힘으로 확대되는 거지요. 그만큼 공감이 중요하고 강력하다는 얘기입니다.

여러분, 앞서 말했듯이 우리나라 최초의 시가 「공무도하가」잖아요? 고조선 시대에 여옥이라는 여성이 노래한 시인데 이 또한 서정시라고 할 수 있습니다. 우리 역사상 최초의 시인 여옥이 사포 같은 서정시인이었던 거지요. 시를 읽어 볼게요.

그대 강을 건너지 마오   公無渡河(공무도하)

그대 끝내 강을 건넜구려   公竟渡河(공경도하)

물에 빠져 돌아가셨으니   墮河而死(타하이사)

그대여 어찌해야 하리오   當奈公何(당내공하)

공公은 그대, 당신이란 뜻이고 무無는 '-말라'는 부정, 도渡는 건너다, 하河는 강을 가리키니까 '그대여 강을 건너지 말라'는 뜻이에요. 시를 보면 글자 수며 두운, 각운을 맞춘 걸 알 수 있을 겁니다. 한데 서정시라지만 감정이 별로 드러난 것 같지도 않고 너무 단조로운 게 아닌가 싶지요? 별 느낌도 없고. 솔직히 저도 예전엔 아무 감흥이 없었어요. 그런데 나이가 들고 삶과 죽음의 무게를 점점 더 실감하면서 이 시가 가슴에 와 닿더라고요.

기록에 따르면 이 시는 실제 있었던 일을 그린 거래요. 여옥의 남편은 곽리자고라는 뱃사공이었는데 어느 날 강에서 끔찍한 일을 겪습니다. 갑자기 머리가 허옇게 센 남자가 달려오더니 강물을 헤치며 건너다 죽고, 그를 뒤쫓아 오며 말리던 아내마저 울면서 따라 죽은 거예요. 졸지에 눈앞에서 두 사람이 죽는 모습을 봤으니 얼마나 놀랐겠어요. 모르는 사람이라도 사람이 죽는 걸 보면 그 충격은 뭐라 말할 수가 없지요. 집에 온 사공은 아내에게 자기가 겪은 일을 얘기해요. 죽은 목숨이 안타깝고 허망하고, 속절없이 지켜보기만 한 자신이 한심하고, 충격 속에서 누군가에게 말하지 않고는 견딜 수 없는 심정이었겠지요. 남편의 이야기를 들은 여옥은 두 사람의 가슴 아픈 사연을 시로 지어 노래합니다. 그러니까 여옥의 「공무도하가」는 애처롭게 죽어간 영혼을 위로하고, 충격을 받은 남편을 위로하고, 그처럼 한 순간에 생사가 갈리는 나약한 인간의 운명을 위로하는 노래였던 거지요.

그 노래가 당시 사람들의 입에서 입으로 전해져 중국의 역사책에 기록되고, 수천 년이 지난 지금까지도 우리 마음을 울리는 것은, 그런 기막힌 죽음을 보고 듣고 당하는 것이 모든 인간의 운명이기 때문입니다. 그토록 오랜 시간이 지났어도 변함없는 인간의 나약함, 운명의 가혹함을 우리가 다 알기에 그 시를 읽으면 가슴이 움직이는 거지요. 이게 바로 공감의 힘입니다. 몇 해 전에 『님아, 그 강을 건너지 마오』라는 영화가 큰 인기를 끈 적이 있잖아요. 76년을 함께한 노부부의 사랑을 담은 다큐멘터리였는데 그 제목이 바로 '공무도하', 이 시에서 나온 겁니다. 영화 안 본 분들도 제목을 보면 두 분 중 한 분이 돌아가셨겠구나, 감이 올 거예요. '강을 건넌다'는 게 죽음을 상징한다는 걸 우리는 알거든요. 고조선 시대부터 내려온 상징이니까 느낌으로 알지요.

사포의 시도 그렇고 여옥의 「공무도하가」도 그렇고, 이렇게 전해 내려오는 오래된 시들은 당시에 불린 노랫말 중에서 가장 심금을 울렸던, 그래서 아주 많은 사람들이 더 열심히 외고 노래한 문장들일 겁니다. 흔히들 시를 문학 장르 중에 가장 어렵다고 하지만 실은 가장 쉽고 가장 대중적이라고 할 수 있을 것 같아요. 시를 느끼고 이해하는 게 반드시 어려운 것도 아니고요. 물론 시가 노랫말에서 발전해 글로 쓰는 문학 장르가 된 뒤에는 아주 복잡한 상징과 의미를 담은 어려운 시들이 생겨난 게 분명해요. 하지만 그래도 시 고유의, 운문이라는 장르적 특성이 있는 한 너무 어렵게만 여길 건 아니라고 생각해요. 편하게 생각하고 읽자는 말씀입니다.

2

시를
어떻게
읽을까?

특징을 살려서 읽어라

시가 언제 어떻게 생겨났는지 역사를 알았으니까 이번엔 시의 특징에 대해서 살펴보겠습니다. 국어 시간 같다고요? 좀 그렇죠. 골치 아프고. 이참에 시험도 보고 싶지만 그러면 시와 담을 쌓을 것 같아서…… (☺☺) 시의 특징을 말씀드리는 이유는 시 고유의 특징을 알고 살려서 읽으면 시를 더 풍부하고 재미있게 즐길 수 있기 때문이에요. 시를 읽을 때 우리는 보통 내용에만 신경을 씁니다. 시인이 무슨 얘기를 하는지, 주제가 뭔지 이해하려고 애쓰고 이해가 안 되면 답답해하고. 형식에는 별로 신경을 안 써요. 왜 여기서 행갈이를 했는지, 왜 이렇게 연을 나눴는지, 왜 어떤 문장엔 마침표를 찍고 어떤 문장엔 쉼표를 찍었는지. 그런 걸 생각하면서 읽는 경우는 드문 것 같습니다. 사실 시가 산문과 다른 건 고유한 형식 때문인데……. 이 문장 한번 보세요.

그리운 건 그대일까 그때일까

어때요? 별 느낌이 없는 표정인데, 그럼 이건 어때요?

그리운 건
그대일까
그때일까

아하 하는 표정들이네요. 맞아요. 하상욱이라는 베스트셀러 시인이 쓴 시입니다. 많이들 봤을 텐데 이렇게 둘을 비교하면 느낌이 좀 다르지 않나요? 내용은 같지만 행갈이를 해 놓으니까 행이 끝날 때마다 잠깐씩 쉬면서 좀 천천히 읽게 되고 생각도 더 하게 되고. '그'라는 두운과 '까'라는 각운이 눈에 확 들어오면서 리듬감이 더 느껴지죠. 시라는 형식이 내용을 더 강화하는 것 같습니다. 산문으로는 큰 감흥이 없던 문장을 시 형식으로 써 놓으면 남다르게 느껴지기도 하고요. 이렇게 형식적 특징을 생각하면서 시를 읽으면 또 다른 재미가 생깁니다.

시의 음악성

시의 형식적 특징으로 맨 먼저 얘기할 수 있는 것은 음악성입니다. 보통 시를 운문, 즉 운율이 있는 글이라고 해서 산문과 구별하잖아요? 물론 시=운문은 아니에요. 시 중엔 산문시도 있고, 판소리계 소설처럼 운문이지만 시가 아닌 것도 많으니까요. 하지만 운문 하면 시를 떠올릴 만큼 시는 역사적으로도 그렇고 음악과 밀접한 관계가 있습니다. 뇌신경과학자가 fMRI(기능성 자기공명 영상)기술을 사용해 실험을 했더니 시와 산문을 읽을 때 뇌에서 활성화되는 부분이 각각 다르더랍니다. 그리고 시를 읽을 때는 뇌가 음악을 들을 때처럼 반응했다고 해요. 과학적으로도 시와 음악의 연관성이 증명된 셈이죠.

시의 음악성을 흔히 리듬, 즉 운율이라고 합니다. 운율은 압운押韻, rhyme과 율격律格, meter이 합쳐진 말인데,

소리가 같은 위치에서 반복되는 걸 압운이라고 하고 시행 전체에 강약, 고저, 장단 등이 되풀이되며 가락을 유지하는 걸 율격이라고 해요. 운율은 시조 같은 고전적 정형시, 특히 영시나 한시에서 두드러집니다. 말로 설명하면 어려우니까 시를 직접 봅시다.

Shall I compare thee to a summer's <u>day</u>?
Thou art more lovely and more temper<u>ate</u>:
Rough winds do shake the darling buds of <u>May</u>,
And summer's lease hath all too short a <u>date</u>:
내 그대를 여름날에 견주어 볼까요?
그대가 더 사랑스럽고 더 온화하다오.
거친 바람이 오월의 고운 꽃봉오리를 흔들고
허락된 여름 한철은 너무나 짧아요.

　　셰익스피어가 쓴 「소네트sonnet 18」의 일부입니다. 영화 『죽은 시인의 사회』를 보면 남자애가 이 시로 여자애한테 작업하는 장면이 나와요. 그만큼 사랑의 시로 유명하지요. 여기 보면 첫 구절과 세 번째 구절의 끝이 데이day, 메이may로 발음이 비슷하고 둘째, 넷째도 레이트

rate, 데이트date로 비슷해요. 이렇게 시행의 마지막 음절이 반복되는 걸 각운이라고 합니다. 앞이 같으면 두운이라고 하고요. 한시도 운을 맞추는 게 중요한데 글자마다 성조라는 소리의 높낮이까지 맞춰야 해서 퍽 어렵습니다. 그래서 '운서'韻書라고 한자의 발음을 표기한 음운사전도 있었는데 이건 과거 시험장에도 갖고 들어갈 수 있었다고 해요.

각운, 두운 이러니까 골치 아파하시는데 요즘 유행하는 랩을 떠올리면 쉬 이해가 될 거예요. 옛날 정형시만이 아니라 현대의 랩에서도 라임이 중요하죠. 보통 압운을 사용해서 흥겨운 리듬을 만듭니다. 사실 랩이 시랑 여러 가지 점에서 비슷해요. 요새 랩 배틀이 인기죠? 그런데 옛날엔 시로 배틀을 했어요. 고대 그리스에선 '구절 잇기'capping라고, 시인들이 즉흥적으로 시구를 이어가며 겨루던 경연이 있었고, 조선이나 중국에서도 어려운 운자를 걸고 돌아가면서 시를 짓고 제대로 못하면 벌칙을 주고 그랬거든요. 그러니까 랩이든 시든 이런 식으로 언어를 갖고 노는 것은 인간의 특성이고 오랜 전통인 것 같아요.

숨 쉬기도 시다

압운처럼 엄격히 정해진 리듬 외에 시에는 율격이라
는 또 다른 음악성이 있습니다. 가락을 타는 대표적인 시
형식인 시조의 경우, "청산리 벽계수야 / 수이감을 자랑
마라"처럼 우리말 고유의 4음보 가락을 잘 살려내서 700
년 넘게 이어져 올 수 있었지요. 하지만 노래와 시가 분리
된 현대시에서는 3음보, 4음보 같은 틀에 잡힌 율격 대신
좀 더 은밀한 음악성을 추구합니다. 시의 내용과 분위기
에 맞는 고유의 리듬과 호흡을 중시하지요. 아래 시를 소
리 내 읽어 볼까요. 리듬과 호흡을 느끼기 위한 시니까 꼭
낭송해 봐야 해요.

문門을암만잡아다녀도안열리는것은안에생활生活이모자
라는까닭이다.밤이사나운꾸지람으로나를조른다.나는우
리집내문패門牌앞에서여간성가신게아니다.나는밤속에
들어서서제웅처럼자꾸만감減해간다.식구食口야봉封한
창호窓戶어데라도한구석터놓아다고내가수입收入되어들
어가야하지않나.지붕에서리가내리고뾰족한데는침鍼처
럼월광月光이묻었다.우리집이앓나보다그러고누가힘에

겨운도장을찍나보다.수명壽命을헐어서전당典當잡히나보
다.나는그냥문門고리에쇠사슬늘어지듯매어달렸다.문을
열려고안열리는문을열려고.

읽어 보니 어떠세요? 정신이 좀 없지요. 한문도 있고
띄어쓰기도 안 돼 있어서 읽기가 불편할 겁니다. 이상의
「가정」이란 시입니다. 원래 한문으로 적힌 부분을 그대로
살려 뒀어요. 오래된 시를 읽을 때 요즘은 현대식 표기법
으로 많이들 고쳐서 출판도 하고 그러는데, 물론 그래야
읽기가 편하지만 웬만하면 시인이 처음에 쓴 대로 읽어
보면 좋겠어요. 고치다가 자칫 오해가 생길 수도 있고, 또
시인이 어떤 말을 한자로 썼을 때는 이유가 있을 수 있잖
아요. 앞선 시간에 시는 언어를 배려하는 거라고 했지요.
시인이 배려한 언어를 독자도 가능한 배려하면서 읽는 게
좋을 것 같습니다.
　　이 시도 그렇지만 이상은 띄어쓰기를 안 하고 쓴 시가
많습니다. 우리가 잘 아는 「오감도」 같은 것도 "제1의아해
가무섭다고그리오." 식으로 죽 이어 썼어요. 그나마 「오감
도」는 행갈이라도 했지만 이 시는 행도 없이 계속 이어져
서 읽기가 더 어렵지요. 이상은 왜 이렇게 썼을까요? 띄어

쓰기가 없는 일본어로 써서 그렇다고도 하고, 문법 같은 형식에 얽매이지 않으려 한 것이라고도 하는데, 아마 그런 면들이 다 있을 겁니다. 이상은 누구보다 새로운 문학, 새로운 형식 실험을 하려 애썼고 띄어쓰기를 안 한 것도 그런 노력의 하나라고 볼 수 있지요. 다만 이런 형식과 내용이 잘 어울릴 때도 있지만 안 어울려서 어색할 때도 있는데 이 시는 내용과 형식이 더없이 잘 어울립니다.

시의 내용을 보면 경제적으로 아주 힘든 상황을 그리고 있어요. 흔히 이상 하면 자유로운 영혼, 돌출된 천재를 떠올립니다. 저도 예전엔 그랬는데 이상 평전이나 정철훈 문학기자가 쓴 『오빠 이상, 누이 옥희』 같은 책들을 보고, 또 이상이 처음 쓴 중편소설 「12월 12일」을 읽어 보니까 그게 아닌 것 같더라고요. 자유로운 천재라기보다 그렇게 되고자 열심히 노력한 사람이고 그 과정에서 상처 입고 아파한 사람이란 생각이 들었습니다.

이상은 삼형제 중 맏아들이에요. 아버지가 인쇄소에서 일하다 손가락 세 개를 잃고 이발사로 전업했는데 경제적 능력이 별로 없어서 아주 가난하게 살았답니다. 그래서 세 살 때 큰아버지에게 양자로 가요. 돈은 많지만 아이가 없었거든요. 지금 서울 종로 서촌의 통인동에 가면

'이상의 집'이라고 있죠? 그게 큰아버지 집이 있던 곳이에요. 이상은 거기서 컸는데 큰아버지가 나중에 애 딸린 새 아내를 얻으면서 맘고생을 했다고 해요. 새어머니는 자기 아들이 있으니까 양자인 이상이 싫었겠죠. 그러다 큰아버지네 살림이 기울기 시작했고, 이상은 가난한 본가의 부모에 대한 책임과 자신을 길러준 큰아버지에 대한 책임감 때문에 내내 괴로워했던 것 같아요.

이 시도 보면, 장남으로서의 책임감, 경제적인 어려움으로 인한 괴로움이 고스란히 드러나 있어요. "생활이 모자란다, 감해간다, 수입된다, 전당 잡힌다" 같은 경제적인 표현들이 많이 나오고, 자신을 액막이 짚 인형인 제웅에 비유합니다. 당시 '제웅치기'라고, 대보름 전날 액을 상징하는 짚 인형에 돈을 넣어 거리에 버리면 아이들이 돈은 꺼내고 제웅은 때리는 풍습이 있었는데, 자신이 그렇게 액막이로 쓰이고 버려지는 신세라고 자조한 거지요. 띄어쓰기 없이 죽 이어진 문장들은 그만큼 절박한 심경을 표현합니다. 가쁜 호흡으로 시를 읽다 보면 생활에 쫓기는 화자의 심정이 고스란히 느껴지지요. 형식과 내용이 잘 조응된 시예요.

비슷하지만 약간 다른 시를 하나 더 볼게요.

박수소리. 나는 박수소리에 등 떠밀려 조회단 앞에 선다. 운동화 발로 차며 나온 시선, 눈이 많아 어지러운 잠자리 머리. 등 뒤에 아이들의 눈동자가, 검은 교복에 돋보기처럼 열을 가한다. 천여 개의 돋보기 조명. (……) 둥그런 현기증이, 사람멀미가, 전교생 대표가, 절도 있게 불우이웃에게로, 다가와, 쌀푸대를 배경으로, 라면 박스를, 나는, 라면 박스를, 그 가난의 징표를, 햇살을 등지고 사진 찍는 선생님에게, 노출된, 나는, 비지처럼, 푸석푸석, 어지러워요 햇볕, 햇볕의 설사, 박수소리가, 늘어지며, 라면 박스를 껴안은 채, 슬로우비디오로, 쓰러진, 오, 나의 유년!! 그 구겨진 정신에 유리 조각으로 박혀 빛나던 박수소리, 박수소리.

함민복 시인의 「박수소리1」이라는 시의 일부입니다. 내용은 금방 알겠지요? 학교에서 전교생이 지켜보는 가운데 불우이웃 대표로 라면을 받던 어린 날의 기억을 쓴 시입니다. 불우이웃을 돕는다는 미명 아래 한 아이의 자존심을 짓밟는데…… 우리 사회는 자선이나 기부를 아주 높이 평가하지만 복지국가로 유명한 북유럽 사회는 다르대요. 세금으로 복지제도를 탄탄히 하는 걸 중시하지 개인적인 기부나 자선은 별로 없다고 해요. 누군가를 불쌍해하고 동정하는 것보다 개인의 불행이나 취약함을 사회적인 안전망을 통해 지원하는 것이 우리가 이웃과 함께하는 진정한 자선이 아닌가 싶습니다.

잠깐 딴 얘기로 샜는데, 아무튼 이 시를 보면 눈에 띄는 특징이 있지요? 네, 쉼표가 아주 많습니다. 이 쉼표를 살려서 읽으면 호흡이 탁탁 끊겨요. 숨이 턱턱 막히는 어린 화자의 심정이 느껴집니다. 시가 전개될수록 문장이 짧게 끊어지면서 쉼표가 많이 나와요. 그러다 마지막에 "오, 나의 유년!!" 하고 느낌표를 두 개나 씁니다. 탄식이고 비명이지요. 타인의 시선에 유린당한 자신의 유년에 대한 비명 같은 회고예요. 그것이 쉼표와 느낌표로 고스란히 전달됩니다.

이상과 함민복의 시는 화자의 절박한 심정을 띄어쓰기 없는 문장과 잦은 쉼표로 전합니다. 그러니까 시를 읽을 때 이런 형식을 염두에 두고 읽으면 훨씬 더 그 느낌을 살릴 수가 있습니다.

한 줄의 비유, 열 길의 마음

시의 두 번째 형식적 특징으로 꼽을 수 있는 것은 비유입니다. 엄격한 운율을 내세운 과거의 정형시에선 음악성이 중요했지만 현대로 오면 언어적 상상력이 핵심이 됩니다. 비유가 아주 중요해진 것이지요. 비유라고 하면 흔히 말에 멋을 부린 거라고 생각합니다. 멋지게 보이려고 말을 꾸미고 장식하는 것으로 여기는 경우가 많아요. 하지만 비유는 언어의 한계를 뛰어넘으려는 노력입니다.

"사랑해"라는 말로는 자기 마음을 다 전하지 못할 것 같아서 "하늘만큼 땅만큼 사랑해" 하고 표현하잖아요. 말로 다하기 힘든 감정이나 뜻을 전하기 위해 우리는 비유를 사용합니다. 대상을 더 생생하게, 정확하게 전달하고 싶을 때도 비유를 합니다. 예를 들어 일이 조금만 불리해져도 요리조리 핑계를 대고 빠져나가는 사람이 있는데 누가 "그 사람 어때?" 하고 물었어요. 그럴 때 "미꾸라지 같은 사람이야" 한마디 하면 이러쿵저러쿵 길게 설명 안 해도 금방 알아듣지요. 그런 점에서 비유는 아주 경제적이고 효율적입니다. 산문보다 훨씬 적은 언어를 사용하는 시에서 비유가 중요한 것은 당연하다 할 수 있지요.

기형도 시인의 「엄마 걱정」이라는 시가 있어요.

열무 삼십 단을 이고
시장에 간 우리 엄마
안 오시네. 해는 시든 지 오래
나는 찬밥처럼 방에 담겨……

이렇게 시작하는 시인데 느낌이 어때요? 몇 문장 안
읽었는데도 슬프고 외롭고 가슴 아프고 다들 그런 느낌을
받는 것 같아요. 왜 그럴까요? 푼돈이라도 벌려고 열무를
삼십 단이나 이고 장에 간 엄마, 그 엄마를 혼자 기다리는
아이를 생각하니 가슴이 싸해지죠. 엄마는 어서 집에 가
고 싶지만 갈 수가 없어요. 열무를 못 팔았으니까. 해는
저물고 채소는 시들시들해지는데 열무는 안 팔리고, 엄마
는 손님을 기다리고, 아이는 엄마를 기다리고. "해는 시든
지 오래"라는 짧은 시구에서 우리는 그저 기다릴 수밖에
는 없는 사람들, 긴 기다림에 시들어가는 사람들의 무력
한 슬픔을 읽어요. '해는 저문 지 오래'라고 했으면 시간
의 흐름만을 읽었겠지만 '해가 시든다'는 비유는 기다리
는 사람의 마음까지 헤아리게 해요. 그리고 이어서 "나는

찬밥처럼 방에 담겨"를 읽는 순간 울컥하게 돼요. 딱 한마디 '찬밥처럼'에, 혼자 버려진 듯 잊힌 듯 서운하고 외로운 마음이 다 들어 있습니다. 비유의 힘이죠. 시의 힘이고.

비유, 다른 세상을 열다

한데 이렇게 읽자마자 느낌이 오고 이해가 되는 비유가 있는가 하면 어떤 경우는 한참 생각해야 되는, 아니 생각해도 아리송한 비유들이 있습니다. 특히 외국 시를 읽을 때 이런 경우가 많지요. 제가 좋아하는 시구 중에 파블로 네루다의 "나는 터널처럼 외로웠다"라는 문장이 있어요. 「한 여자의 육체」라는 시에 나오는데 많은 시인들이 밑줄을 그었다고 고백하는 유명한 시구예요. 어때요, 밑줄 긋고 싶으세요? 왜 밑줄을 그을까 하는 표정들이시네요. (☺☺)

저는 처음 그걸 읽었을 때 외로움을 터널에 비유한 발상에 놀랐어요. 와, 기발하다! 하지만 "나는 찬밥처럼 방에 담겨"를 읽었을 때처럼 금방 공감이 되고 울컥하진 않았어요. 그냥 뭔지 모르게 멋있다는 느낌이었죠. 그런데 몇 년 전 폐소공포증으로 고생하면서 그 시구를 다시 느끼게 됐어요. 그때는 차 타고 가다가 터널로 들어가면 숨이 막히고 괴롭고 그랬거든요. 혼자 속으로 '괜찮다, 금방 지나갈 거다' 스스로를 달래면서 복식호흡하고 그러면서 견뎠는데, 어느 날 갑자기 그 시구가 떠오르는 거예요. 아! 순간 터널처럼 외롭다는 말이 온몸으로 느껴졌어요. 사실 몸이 아프든 마음이 아프든 그건 혼자 겪는 거잖아요. 아무리 사랑하는 사람도 그 고통을 가늠하거나 나눌 수 없고, 그렇게 저 멀리 터널 끝의 한줄기 빛을 향해 나아가는 것처럼 다들 묵묵히 혼자 견디며 살아가고 있다는 걸 그때 터널 속에서, "나는 터널처럼 외로웠다"라는 시구를 떠올린 순간 깨달았어요. 눈앞이 환해지고 가슴이 벅차더라고요. 숨 막히고 답답하던 것도 나아지고. 요즘은 많이 좋아졌어요. 꼭 시구 하나 때문만은 아니지만 큰 도움이 됐지요.

낯선 비유는 이처럼 세상을 다른 눈으로 보게 합니다. 터널은 어둡고 답답하다는 이미지만 갖고 있을 땐 터널에 들어가면, 아니 터널이 저 앞에 보이는 순간부터 숨이 막혔어요. 그런데 '터널처럼 외롭다'는 낯선 비유를 통해 터널을 새로운 이미지로 보게 되면서 달라졌지요. 터널이 두려운 대상에서 나처럼 외로운 존재, 내가 공감할 수 있는 존재가 된 거예요. 자연히 두려움도 줄고 증상도 약해졌지요. 참신한 비유는 이처럼 우리를 놀래고 굳은 시각과 고정관념을 깹니다. 눈앞의 현실에 매여 다른 상상을 하지 못하는 독자의 시야를 확장하지요.

이번엔 비유의 경이로움을 보여 주는 로르카의 시를 같이 읽어 봅시다. 페데리코 가르시아 로르카(1898~1936)는 스페인의 유명한 시인이자 극작가예요. 우리나라에선 시보다 연극으로 더 유명하죠. 정현종 시인이 20세기에 가장 위대한 시인은 릴케, 네루다, 로르카라고 한 적이 있어요. 그만큼 현대 시문학에 커다란 영향을 끼친 시인입니다. 로르카는 네루다와 아주 절친한 사이였는데, 스페인 내전 때 극우파인 프랑코 군에게 총살당했어요. 그 일로 네루다가 큰 충격을 받아서 이후에 시 세계가 변했다고 할 정도예요. 네루다는 로르카를 기리며, "만약 내가 쓸쓸한 집에서 두려움에 울 수 있다면, / 만약 내가 내 눈알을 빼서 먹어치울 수 있다면, / 소리치며 나타나는 그대의 시를 위해 그렇게 하리라."*로 시작하는 아주 긴 송시를 쓰기도 했습니다. 자, 그럼 이렇게 대단한 시인이 어떤 시를 썼는지 한번 볼까요.

---

* 파블로 네루다, 「페데리코 가르시아 로르카에게 바치는 송가」

거울은 샘물의

미라, 밤이면

빛의 조개처럼

입을 다문다,

거울은

어머니 이슬.

노을들을 박제하는

책, 살이 된 메아리.

　「광시곡」Rhapsody이란 시의 일부입니다. 감이 오세요? 저는 처음에 어안이 벙벙했어요. "거울은 샘물의 미라"까지는 그럭저럭 이해가 돼요. 똑같이 영상을 비추지만 거울은 고체고 샘물은 액체니까 미라라고 했구나. 그런데 빛의 조개처럼 입을 다무는 건 뭐고 어머니 이슬은 또 뭐지? 이상한 거예요. 그냥 넘어가려니 갑갑해서 한참 들여다보는데 이리저리 머리를 굴리는 게 은근히 재미있더라고요. 거울은 빛이 없는 어둠 속에선 볼 수가 없으니 그걸 빛의 조개가 입을 다물었다고 했나 보다. 그럼 어머니 이슬은 뭘까? 여러분도 생각해 보세요. 시인이 왜 이렇게 썼을까요? 이슬도 거울처럼 비치니까? 네, 그럴 수도 있겠네요. 어머니가 새벽에 일하니까? 맞아요, 보통 어머니는 식구들 중에서 가장 일찍 일어나는 사람이니까 그 어머니와 새벽이슬이 함께 연상됐는지도 모르죠.

이게 맞는지 틀리는지는 몰라요. 우리는 시인이 어떤 생각으로 시를 썼는지 모르니 자기 나름으로 읽을 수밖에 없고 그렇게 읽을 자유가 있어요. 시인이 자기 의도대로만 읽기를 바랐으면 주석을 달아놨겠죠. 하지만 시인이 이렇게 수수께끼 같은 비유를 할 때는 독자들의 상상을 자극하고 싶고, 자신의 언어가 다른 사람에게 어떻게 전달되고 변주되는지 보고 싶고 궁금할 거예요. 로르카는 오래전에 죽었지만 만약 귀신이 지금 우리가 자기 시를 가지고 이러는 걸 보면 아주 재미있어 할 것 같아요. 이 나라 사람들은 내 비유를 이렇게 해석하는구나, 거 참 신기하다 하고요.

시인만이 아니라 읽는 여러분도 재미있지 않나요? 처음엔 무슨 말도 안 되는 소린가 싶지만 계속 궁리하다 보면 평소 별 생각 없이 스치던 것들을 다시 보게 되고 곰곰 생각하게 되죠. 안 쓰던 머리도 쓰게 되고. 그런 의미에서 "노을들을 박제하는 책, 살이 된 메아리"의 수수께

끼도 한번 풀어보세요. 전 이 대목에서 좀 아련해졌는데 여러분은 어떨지 궁금하네요.

함축과 생략

음악성, 비유에 이은 세 번째 시의 특징은 짧다는 겁니다. 설명이 필요 없는 특징이지요. 물론 몇 쪽씩 이어지는 이야기시도 있고 신동엽 시인의 『금강』처럼 긴 장시도 있지만, 대개 시는 여백이 많은 짧은 글입니다.

적은 언어로 깊고 풍부한 뜻을 전하는 것이 시인데 그건 함축과 생략에서 나옵니다. 다시 말해 함축과 생략에 의한 언어적 긴장이 없다면 시라고 할 수 없지요.. 앞서 말한 『금강』은 책 한 권 분량이나 되는 긴 시지만, 동학농민전쟁이라는 같은 주제를 다룬 소설들과 비교해 보면 언어적 밀도가 매우 높다는 걸 알 수 있습니다. 반면 짧아도 이게 시인가 싶은 경우도 있습니다. 함축도 생략도 없는 설명문을 행갈이만 해서 시적으로 보이게 한 경우인데, 이런 글은 동어반복이 대부분이라 길이가 짧고 모양은 시지만 시의 묘미를 느낄 수는 없습니다. 여러 말을 하기보다 이번에도 시를 통해 함축과 생략이 얼마나 매력적인지 직접 보지요.

1947년 봄

심야深夜

황해도 해주海州의 바다

이남以南과 이북以北의 경계선境界線 용당포浦

사공은 조심조심 노를 저어 가고 있었다.

울음을 터뜨린 한 영아嬰兒를 삼킨 곳.

스물몇 해나 지나서도 누구나 그 수심水深을 모른다.

김종삼(1921~1984)의 「민간인」이란 시입니다. 개인적
으론 분단의 비극을 다룬 최고의 시라고 생각합니다. 짧
은 시인데 그 속에 헤아릴 수 없이 깊은 사연이 담겨 있어
서 시를 읽은 뒤 오래 숨죽이게 돼요.

이런 시는 머릿속으로 그림을 그리면서 읽으면 좋습
니다. 여러분이 이 시로 영화를 만든다고 생각해 보세요.
첫 장면은 어떻게 할까요? 봄꽃이 흐드러진 해주 바닷가
마을을 보여 주면 되겠네요. 풍경은 평화롭지만 그때가
1947년 남북분단이 현실이 되어가던 불안한 시대라는 걸

보여 주는 배경이 있어야겠죠. 정치구호가 적힌 현수막이라던가 담벼락의 낙서 같은 거라도. 그 다음엔 캄캄한 밤, 밤바다가 나오겠죠. 조용한데 무슨 일이 생길 것 같은 긴장감이 느껴져요. 그리고 어둠 속에 조심스런 움직임, 배를 젓는 사공의 긴장한 표정, 잔뜩 웅크린 피난민들의 불안한 얼굴, 고요를 찢는 아기의 울음소리, 노려보는 사람들, 어쩔 줄 몰라 아기를 끌어안고 입을 막는 엄마, 버둥거리는 아기, 엄마는 더 세게 안고…….

보세요, 얼마나 많은 장면이 이어지는지. 이 시를 산문으로 쓴다면 갓난아이의 죽음은 물론이고, 1연과 2연 사이의 빈 공간을 설명하는 데만도 정말 많은 사건과 이야기가 필요할 겁니다. 마지막 행을 봅시다. 그냥 '누구나 그 수심을 모른다'고 쓸 수도 있는데 '스물몇 해나 지나서도'라고 구체적으로 시점을 밝혔어요. 그 구절에 함축된 의미를 생각해 보세요. 그 시간 동안 갓난아이의 부모가, 배에 탔던 사람들이 어떤 세월을 살았을지 상상해 보세요. 죄의식에 시달리고, 부정하고, 침묵하고, 그러면서 무너지거나 무정해졌을 그들의 인생을 떠올려 보세요. 바로 이게 전쟁의 참상이고 분단의 실상입니다. 김종삼 시인은 절제된 언어로 담담하게 사건을 진술하는데 독자는 역사

의 비극을 실감하게 됩니다. 말 한마디가 얼마나 크고 무
거운지, 절실히 깨닫게 하는 시입니다.

일상의 재발견

지금까지 시의 음악성, 비유, 생략과 함축 같은 형식
적 특징을 살려서 다양한 시를 읽어 봤습니다. 어렵다 싶
은 시도 좀 쉽게 재미있게 읽히지 않나요? 부디 그랬으면
좋겠습니다. 이런 재미를 알면 시를 오래 즐길 수 있으니
까요. 그래도 아직 시가 멀고 어떻게 읽어야 할지 막막하
다면 '일상에서 시를 만나라'고 말씀드리고 싶습니다. 시
가 그토록 긴 세월 꿋꿋이 살아남은 데는 남다른 힘이 있
기 때문일 텐데 그 힘이 뭘까요? 저는 크게 두 가지를 꼽
고 싶어요. 하나는 공감과 위로의 힘이고, 다른 하나는 지
루한 일상을 새롭게 보게 하는 힘입니다. 공감에 대해선
앞서 이야기했으니 이번엔 일상의 재발견이라는 남다른
힘에 대해 생각해 보지요.

예전엔 신문에 연재소설이 있었는데 요즘은 소설 대
신 매일 시 한 편을 소개하는 경우가 많습니다. 잠시 소
설을 읽을 여유도 없는 바쁜 세태 탓이겠지만 날마다 시

를 접하는 건 좋은 것 같아요. 시와 친해질 수도 있고 또 일상의 권태랄까 식상함에서 벗어나는 데도 도움이 되니까요. 요즘 여행들 많이 가잖아요? 지겨운 일상을 벗어나 새로운 풍경을 보고 새로운 경험을 하고 싶어서 떠나는 건데, 그런 점에서 저는 시를 일상의 여행이라고 생각해요. 값싸고 간편한 짧은 여행.

멋진 시를 읽으면 순간이동 하듯이 눈앞에 다른 세계가 펼쳐집니다. 수능시험 볼 때 필적 확인 문구라고 짧은 문장을 제시하지요? "큰 바다 넓은 하늘을 우리는 가졌노라"*, "그대만큼 사랑스러운 사람을 본 일이 없다"** 같은 시 구절이 나왔는데 그걸 보고 울컥했다는 수험생들이 많습니다. 시험을 치고 있는 현실을 잊고 한 순간 그 문장이 일깨우는 세계에 감화된 거지요.

이런 걸 보면 시는 같은 언어예술인 산문보다 그림혹은 음악과 더 비슷한 것 같아요. 산문은 읽는 데 시간이 걸리는 만큼 좀 더 오래 숙고하고 반추하며 현실을 다르게 보도록 하는 데 반해, 시는 미술이나 음악처럼 즉각적으로 감정에 호소하고 현실로부터 거리두기를 해서 현실을 다르게 보게 하거든요. 이때 시가 일상을 다시 보게 하는 것은 두 가지 방식으로 이루어집니다. 하나는 비유의

* 김영랑, 「바다로 가자」 중에서
** 김남조, 「편지」 중에서

힘에서 설명했듯이 남다른 비유로 일상 자체를 새롭게 드러내는 것이고, 다른 하나는 사소한 일상을 시적으로 재해석하는 것이지요.

여러분, 라이너 마리아 릴케라는 시인 아시죠? 윤동주의 「별 헤는 밤」에도 나오는 아주 유명한 시인인데, 릴케는 시를 잘 쓰기 위해 온 생을 건 사람입니다. 『젊은 시인에게 보내는 편지』라는 작은 책이 있어요. 그걸 보면 이 사람이 얼마나 시에 헌신하고 사람에게 성실했는지 알 수 있습니다. 릴케는 젊은 시절 당대 최고의 조각가였던 로댕의 비서로 일하면서 예술에 임하는 자세며 창작 방법 등을 배웠는데, 그때 로댕이 강조한 게 잘 보라는 것이었대요. 제대로 표현하려면 대상을 잘 봐야 한다고. 릴케는 그 말대로 해서 새로운 시 세계를 열었지요.

릴케가 쓴 시 중에 우리나라 사람들이 좋아하는 「가을」이란 시가 있어요.

잎이 지고 있다, 지고 있다 멀리에서부터인 듯
겹겹 하늘 속 먼 동산들이 다 시들기라도 한 듯
잎이 지고 있다 거부하는 몸짓으로.

밤이면 무거운 지구가 떨어진다
모든 별을 떠나 고독 속으로.

(……)

이렇게 이어지는 시인데 들어본 것 같죠? 이 시에서
다루는 건 사실 아주 익숙하고 평범한 현실이에요. 가을
에 낙엽 지는 것만 해도 우리가 늘 봐 온 풍경이잖아요.
그런데 그 빤한 풍경을 두고 릴케는 "잎이 거부하는 몸짓
으로 지고 있다"고 하고, 더 나아가 "밤이면 무거운 지구
가 떨어진다"고 표현해요. 제가 이 시를 읽고서 보니까 낙
엽이 어떤 건 순응하듯이 툭툭 떨어지지만 어떤 건 정말
'거부하는 몸짓으로' 지더라고요. 아, 잎이 지는 건 자연
의 순리지만 그렇다고 마냥 쉽기만 한 일은 아니구나 싶
었습니다. 사람의 죽음도 자연의 이치지만 그걸 알아도
쉽지만은 않겠다는 생각도 들었어요. 이 구절은 그런 안
간힘을 일깨웁니다. 뿐만 아니라 낮이 가고 밤이 오는 당
연한 일상도 '무거운 지구가 고독 속으로 떨어진다'는 표
현을 통해 새롭게 보게 해요. 몸과 마음이 아픈 이에겐 밤
이 더욱 괴로운 법인데 그런 이들에게 릴케의 이 문장은
깊은 공감과 위로를 줍니다. 모두가 잠든 밤 나 홀로 고독

하다고 생각하면 괴롭지만 온 지구가 겪는 고독이라 여기면 자기연민의 늪에서 벗어나 고통을 담담히 받아들일 수 있잖아요.

이처럼 익숙하고 사소한 현실을 소재로 한 많은 시들은 우리에게 기적 같은 깨달음을 줍니다. 잘못 채운 단추에서 잘못한 일을 떠올리는 천양희의 「단추를 채우면서」, 잘못 온 문자메시지에서 젊은 날의 간절함을 돌아보는 조은의 「동질」같은 시를 읽다 보면 세상에 시시한 일이란 없다는 생각이 듭니다. 미국의 도리언 로Dorianne Laux라는 시인이 쓴 「모르는 사람을 위하여」For the sake of Strangers라는 시도 그런 시 중 하나예요.

아무리 크고 무거운 슬픔일지라도
우리는 견뎌 내게 되어 있다.
(……)
그때 어린 소년이 내게 길을 가르쳐 준다
아주 열심히. 한 여자가 유리문을 잡고
끈기 있게 기다리고 있다, 내 헐거운 몸이 지나갈 수 있도록.
모르는 사람일 텐데도, 내 주변에서

하루 종일 이런 친절이 계속된다.

(……)

심지어 나를 기다리고 있는 듯하다.

나 자신을 말리고, 가려는 곳에 못 가게 하려고 작정한
듯하다.

한때는 저들도 겪은 적이 있었던 것이리라

벼랑 끝에서 발을 떼고 싶은

세상 밖으로 몸을 내던지고 싶은 이 유혹.

도리언 로는 고등학교를 졸업하고 미혼모가 되어서
온갖 궂은일을 하며 생계를 이었어요. 그러다 서른이 다
돼서 보조금과 장학금으로 뒤늦게 대학 공부를 시작해 지
금은 시인이자 교수로 활동하고 있답니다. 이 시는 그런
자기 경험을 쓴 건데, 보면 알겠지만 정말 사소한 일상의
일들에서 살아야 할 이유를 발견하는 이야기예요. 시인은
삶이 너무 힘들어 죽고 싶은데 모르는 사람들이 베푸는
작은 친절, 길을 가르쳐 주고 문을 잡아 주는 그런 사소한
친절들에 감동하고 힘을 얻어요. 그리고 자신의 불행만을
바라보던 시선이 넓어지죠. 다른 사람도 나처럼 힘들었을
거라는, 죽고 싶은 순간이 있었을 거라는 현실을 깨닫고

살아갈 용기를 냅니다.

　시의 힘이란 이런 거라고 생각해요. 나의 일상이 너의 일상이기도 함을 깨닫는 것, 내 안에 갇힌 시선을 세상으로 열어서 내 고통만이 아니라 타인의 고통까지 보게 하는 것, 타인의 고통에 공감하면서 나의 고통을 객관화하는 것, 그래서 다 같이 잘살 수 있는 세상을 만들기 위해 노력하는 것. 그것이 시가 갖는 공감의 힘이고 위로가 아닌가 싶습니다.

3

영화로
읽는
시
이야기

지금까지 시의 정의, 역사, 특징 등을 두루 살펴봤습니다. 이 정도면 시에 관한 기본적인 지식은 갖춘 셈이니 이제부터는 본격적으로 즐겨 볼까요? 그냥 읽어도 좋고, 앞서처럼 특징을 살려 읽어도 좋고, 시인의 삶이나 시에 얽힌 배경을 공부하면서 읽어도 좋아요. 만약 이게 좀 어렵다면 시를 응용한 다양한 텍스트를 활용해서 접근하는 것도 한 방법입니다. 시를 소재로 한 영화나 음악, 그림 같은 걸 보면서 마음 편하게 다가가는 거지요. 그래서 이번 시간에 제가 준비한 건 영화로 보는 시, 영화 속의 시 이야기입니다.

저는 책이나 작가, 서점, 시 이런 걸 소재로 한 영화는 일단 봐요. 책을 좋아해서 그런지 이런 영화는 대부분 재미있더라고요. 제가 좋아하는 미국 시인 에밀리 디킨슨을 그린 『조용한 열정』이 개봉했을 땐 첫날 첫 회에 보러 갔는데 아주 예쁜 책갈피랑 엽서랑 휴대용 반짇고리까지 선물 받는 행운을 누리기도 했답니다. 아마 강의 듣고 나면 여러분도 시에 관한 영화를 챙겨 보고 싶을 겁니다. 꼭 그렇게 되면 좋겠네요.

오 캡틴! 마이 캡틴!

시를 소재로 한 영화 중 가장 유명한 건 『죽은 시인의 사회』일 거예요. 못 보신 분도 아마 제목은 익숙하실 거예요. 1989년 영화인데 텔레비전에서도 여러 번 방영했고 얼마 전 극장에서도 재개봉을 해서 꽤 인기를 끌었어요. 일단 예고편을 함께 봅시다.

(『죽은 시인의 사회』 예고편)

젊은 에단 호크가 참 풋풋하죠? 보다시피 유명한 사립고등학교에 로빈 윌리엄스가, 아니 키팅 선생이 와서 입시에 시달리는 학생들에게 시와 인생을 가르쳐 주는 이야기예요. 영화에서 키팅 선생이 자기를 '캡틴'이라고 부르라고 하지요? 마지막엔 학생들이 "캡틴 오 마이 캡틴"이라고 부르고. 이건 월트 휘트먼의 「함장님! 나의 함장님!」O Captain! My Captain!이란 시에서 나온 건데, 이 영화의 대표 시인이 바로 휘트먼이에요. 교실에 휘트먼 사진이 걸려 있을 정도죠.

월트 휘트먼(1819~1892)은 미국 문학에 새로운 지평을 연 대표적인 시인으로, 긍정적인 의미의 미국 정신을 가장 잘 보여 주는 시인인 것 같아요. 이 사람은 십대 시절부터 인쇄공, 목수, 기자, 정당 활동가 등 여러 일을 하면서 시를 썼는데 평생 『풀잎』이라는 단 한 권의 시집을 냈어요. 서른여섯에 자비 출판을 하고 계속 수정 보완하며 개정했지요. 그게 전 세계 여러 작가들에게 큰 영향을 끼쳐서, 우리나라에선 정지용 시인이 번역했고, 영국의 작가 제임스 조이스는 자기 소설에 인용하기도 했고, 현대 문학의 거장 보르헤스는 "유일한 시인"이라고 극찬했어요.

「함장님! 나의 함장님!」은 링컨 대통령이 암살당했을 때 휘트먼이 쓴 시예요. 남북전쟁이 끝나고 이제 새로운 시대가 시작되는구나 생각할 때 링컨이 살해당하잖아요. 시를 보면 험난한 싸움을 끝내고 무사히 돌아왔는데 우리의 캡틴은, 함장은 죽었구나 하며 애통해하는 내용이에요. 좀 뜬금없는 얘긴지 몰라도 전 이 시를 읽을 때마다 이순신 장군이 생각나요. "함장님 끔찍한 항해가 끝났습니다. 사람들이 환희에 차 있어요. 그런데 우리 함장님은 죽어 갑판에 누워 있다니!" 하는 시구가, 외적을 물리치고 마지막 전투에서 숨을 거둔 이순신 장군 이야기 같고, 당시 백성들이 딱 이런 마음이지 않았을까 싶어요. 이순신이나 링컨뿐 아니라 다른 지도자도 그렇고, 존경하는 사람을 잃었을 때 이 시를 읽으면 가슴이 뭉클한 것이, 역시 좋은 시는 시대를 초월해 공감을 자아내는 것 같아요.

『죽은 시인의 사회』는 시를 왜 읽는가, 어떻게 읽을 것인가에 대해 아주 잘 설명해 주는 영화입니다. 예고편 보면 시와 아름다움은 삶의 목적이라고 말하는 장면이 나오죠? 키팅 선생이 입시와 상관없이 시를 가르치니까 어떤 학생이 물어요. 왜 시를 읽느냐, 시가 무슨 소용이 있느냐? 그러니까 선생이 대답해요. 시가 예뻐서 읽는 게 아니다, 우리가 인간이기 때문에 시를 읽고 쓰는 거다. 의학과 법학과 경영학도 삶을 유지하는 데 필요한 것들이지만 시와 아름다움과 사랑은 우리를 살게 하는 거라고 말해요. 그러면서 휘트먼의 「아 나란 존재는! 아 인생이란」이라는 시를 인용합니다. 이 시는 질문과 대답으로 구성돼 있어요. 먼저 시인이 질문을 던져요.

모든 수고는 초라한 결과를 낳고, 주위엔 고되게 일하는 탐욕스러운 사람들만 보이고,

그밖에도 공허하고 무익한 세월을 보내는 사람들, 그들과 얽혀 있는 나,

그 모든 것에 대해 되풀이되는 질문 중, 나란 존재에 대한 질문, 슬프고 슬픈 이 질문, 아, 그 가운데 있는 나란 존재는, 아, 인생은 무슨 가치가 있단 말인가?

여러분도 이런 생각 들 때 있지 않아요? 열심히 일해도 별 볼 일 없고, 주위 사람들은 다들 제 욕심만 챙기고, 왜들 이렇게 사나, 도대체 인생의 의미가 뭔가 싶을 때. 전 그런 허무감이 커질 때 이 시를 읽었는데 정말 답이 궁금하더라고요. 다행히 시인이 바로 답을 해줘요. '답변'이

라고 딱 명토를 박아서 이렇게.

그건 네가 여기에 있다는 데 있어, 즉 네게는 생명과 독자성이 있다는 거야.

지금 강렬한 극이 펼쳐지고 있는데 거기에 네가 시 한 구절을 보탤 수 있다는 것이지.

어때요? 답이 됐나요? 저는 '아, 그렇구나!' 했습니다. 휘트먼은 삶의 의미가 우리 자신에게 있다고 말합니다. 내 인생의 의미는 바로 나 자신이다, 세상이 무의미해 보인다면 내 삶으로 의미 있게 만들 수 있다, 세상을 원망하고 허무하다고 읊조리는 대신 네가 생각하는 삶을 살고 네가 꿈꾸는 세상을 만들어라, 그 삶이 바로 시다! 키팅 선생은 휘트먼을 인용해서, 시를 쓰고 읽는다는 건 바로 그런 삶을 살기 위한 거라고 가르칩니다.

네 자신의 노래를 불러라

시를 읽고 쓰는 게 이런 거라면 당연히 읽는 방법도 중요할 텐데 그럼 어떻게 읽어야 할까요?

영화에서 키팅 선생이 학생들이 갖고 있던 교과서를 읽습니다. "시를 이해하려면 운율, 수사법을 익히고 대상이 얼마나 예술적으로 표현되었는지 측정해야 한다." 어쩌고저쩌고 적힌 걸 죽 읽더니 학생들에게 갑자기 찢으라고 해요. 학생들이 머뭇거리니까 다 쓰레기라고, 찢어 버리라고 소리쳐요. 그러면서 "내 수업에서 너희는 너희 자신에 대해 생각하는 법을 배울 거다. 언어의 맛을 아는 법을 배울 거다. 누가 뭐라고 하든 말과 생각은 세상을 바꿀 수 있다." 하고 선언해요. 이런 선생님이 있다면 정말 학교 가고 싶겠죠? (☺☺) 그러고서는 아주 멋진 말을 합니다.

어떤 것을 안다고 생각할 땐 그것을 다른 시각에서 보아야 한다. 너희들이 책을 읽을 때 저자가 뭘 생각했는지 생각하지 말고 너희가 생각하는 것이 무엇인지 생각해 봐라. 너희 자신의 목소리를 찾도록 노력해야 해.

정말 맞는 말이에요. 우리가 시를 읽는 것도 결국은 시를 통해 자신을 생각하고 가능성을 넓히고 새롭게 더 근사하게 살기 위해서잖아요? 자신의 인생을 살기 위해서고 자신의 시를 쓰기 위한 거지요. 『죽은 시인의 사회』
는, 키팅 선생은 그걸 가르쳐줍니다. 누구를 통해서? 월
트 휘트먼을 통해서. 이런 생각을 분명하게 밝힌 사람이
바로 휘트먼이니까요. 마지막으로 휘트먼의 대표작이고
시집 『풀잎』에서 가장 많은 부분을 차지하는 「나 자신의
노래」라는 시의 앞부분을 읽어 볼게요.

1

나 찬양하노라 나 자신을, 노래하노라 나 자신을,

내가 그렇듯 그대도 그러하리라,

나를 이루는 모든 원자 그대 또한 이루고 있으니.

나 빈둥거리며 내 영혼을 초대한다,

몸을 기대고 빈둥거리며 편안히 여름 풀 잎사귀를 관찰
하면서.

6

풀이 뭐예요? 한 아이가 두 손 가득 풀을 가져와 물었다.

내가 뭐라 대답할 수 있을까? 풀이 무언지 그 애가 모르
듯 나도 모르는데.

그것은 희망찬 초록 천으로 짜 만든 내 기질의 깃발인 것 같다.

(……)

그리고 지금 그것은 벌초하지 않은 무덤의 아름다운 머리칼처럼 보인다.

둥글게 말린 풀이여, 나는 너를 부드러이 다루겠노라,

너는 젊은이들의 가슴에서 싹텄는지도 모르니,

내가 그들을 알았다면 그들을 사랑했을지도 모른다,

너는 노인들에게서, 여성들에게서, 태어나자마자 엄마 무릎에서 떼어낸 아기들에게서 생겨나는지도 모른다,

그런데 여기선 네가 엄마의 무릎이로구나.

(……)

읽어 보니 어때요? 아주 옛날에 쓴 시인데도 현대에 쓴 것 같죠? 거의 이백 년 전 시인데도 낡은 느낌이 없고 기운생동해서 오히려 우리가 더 늙은 것 같은 느낌이 듭니다.

이 시의 첫 구절 "나 찬양하노라 나 자신을"I celebrate

myself은 미국 문학사에서 손꼽히는 유명한 문장입니다. 영어로 셀러브레이트celebrate가 찬양하다, 축하하다는 뜻이잖아요. 나를, 내 삶을 축하하고 찬미한다는 건데, 전 이걸 읽고 머리가 멍했어요. 이런 생각은 해 본 적이 없었거든요. 여러분 중에 혹 이런 분이 있다면 정말 축하드리고 존경합니다. 자신의 삶을 이렇게 긍정할 수 있다는 건…… 와우! (☺☺)

저는 자신을 생각하면 늘 부족하고 부끄럽다는 감정이 앞서는데 아마 많은 분들이 비슷할 거예요. 우리나라 시를 보면 자신에 대한 부끄러움이나 회오, 자기연민 같은 걸 토로하는 게 많아요. "하늘을 우러러 한 점 부끄러움이 없기를" 바라면서 "잎새에 이는 바람에도 괴로워"하는 정서죠. 시인만이 아니라 시를 읽는 사람들도 그런 비감한 자의식에 공감해요. 우리 역사, 특히 근대사가 어떤 점에서 그런 부끄러움과 죄책감을 갖게 했다고 할 수 있습니다. 그래서 그런 시를 쓰고 그런 시에 공감하며 좋아하는 거죠.

그런데 휘트먼은 자신을 찬양하고 자신을 노래합니다. 새로운 땅에 와서 스스로 역사를 이루기 시작한 신생국 미국이기에 가능한 자의식이 아닌가 싶어요. 엄밀히

따지면 원주민들을 살육하고 뺏은 죄가 있으나 정복자로서 자신의 죄를 인식하지 못하는 건데……. 아무튼 이런 자부심이 '나는 나 자신을 찬양한다'는 선언을 낳습니다. 제가 미국이란 국가에 대해서는 좀 비판적이지만, 솔직히 이런 자부심이랄까, 긍정적 자의식은 부럽기도 해요.

또 이 시를 보면 처음은 "I"로 시작해서 맨 마지막 52편은 마침표 없이 "YOU"로 끝납니다. 여기서 휘트먼의 철학을 볼 수 있죠. 내가 곧 너라는. 나 자신을 찬양하는 것은 곧 너를 찬양하는 것이기도 합니다. 왜냐면 나와 너는 같은 원자로 이루어져 있으니까. 그래서 '풀이 뭐예요'라는 질문에 답하면서 무덤까지 가요. 풀잎은 노인이기도 하고 아기이기도 엄마이기도 하다면서, 모든 생명의 순환을 봐요. 파릇파릇한 풀이 무덤이 되고, 모든 존재가 삶과 죽음을 함께하는 하나의 평등한 존재라는 사상으로 이어지죠. '나'라는 개인이 너로, 우리로, 세상의 뭇 존재들로 확대됩니다. 당당한데 따스하고 큰데 섬세한 참 멋진 시입니다.

『일 포스티노』와 파블로 네루다

두 번째 소개할 영화는 『일 포스티노』입니다. 역시 여러 번 상영됐던 유명한 영화죠. 안토니오 스카르메타라는 작가가 『네루다의 우편배달부』라는 대본과 소설을 직접 써서 영화화했어요. 제목처럼 칠레의 시인 파블로 네루다 이야기예요.

파블로 네루다(1904~1973)는 그야말로 20세기 최고의 시인입니다. 스무 살 때 첫 시집 『스무 편의 사랑의 시와 한 편의 절망의 노래』로 시작해서 일흔 살에 죽을 때까지 3,500쪽에 이르는 방대한 작품을 남겼는데 양과 질 모든 면에서 압도적이에요. 아주 관능적이고 아름다운 연애시부터 조국 칠레와 라틴아메리카 민중을 향한 뜨거운 사랑을 노래한 대서사시까지 정말 다양한 시를 다 잘 쓴, 전무후무한 시인이 아닌가 싶습니다. 한국에서는 김수영, 김남주 시인을 비롯해서 정현종 시인이 네루다의 시집을 본격적으로 소개했는데, 일반 독자들보다 시인들이 더 좋아하고 영향을 받은 시인이지요. 김용택 시인이 펴낸 『시가 내게로 왔다』는 책 있지요? 그 제목도 네루다의 「시」, "그러니까 그 나이였어… 시가 / 나를 찾아왔어"로 시작하는 시에서 따온 거예요.

한국에서는 네루다가 시인들의 시인이지만, 칠레에서는 일반 민중들이 네루다 시를 좋아하고 애송한다고 해요. 예전에 칠레 광부 33명이 69일이나 지하 700미터 갱에 갇혀 있다가 구조된 적이 있지요. 그때 광부들이 서로 네루다의 시를 낭송하며 절망을 떨쳐 냈다고 해요. 저는 그 길고 어려운 시를 어떻게 외우나 좀체 믿질 못하다가 『네루다』(2016)라는 영화를 보고 믿게 됐어요. 칠레 출신 감독이 만든 영화인데 거기 보니까 네루다가 가는 곳마다 사람들이 「오늘밤 나는 가장 슬픈 시를 써야지」라는 유명한 연애시를 낭송해 달라고 하고 함께 따라 읊으며 좋아하는 거예요. 우리는 네루다 시를 공부하듯이 읽지만 그 사람들은 우리가 대중가요 듣듯이 시를 노래하더라고요.

「오늘밤 나는 가장 슬픈 시를 써야지」는 우리나라에서도 꽤 유명해요. 네루다의 첫 시집에 실린 스무 번째 사랑의 시로, 김남주 시인이 이 제목으로 번역했고, 정현종 시인은 「오늘밤 나는 쓸 수 있다」라는 제목으로 옮겼지요. 저는 김남주 시인(1946~1994) 사후에 나온 『은박지에 새긴 사랑』이라는 번역시집으로 먼저 접해서 그게 익숙한데, 지금은 절판된 걸로 압니다. 책 제목에 왜 은박지가 나오냐면, 김 시인이 남민전 사건으로 9년간 감옥살이를 했는데 그때 연필도 종이도 안 줘서 담뱃갑 은박지며 우유갑에 몰래 못으로 글자를 새겨서 시를 쓰고 번역을 했다고 해요. 일제 강점기도 아니고 1980년대 한국에서 있었던 일입니다. 많은 이들이 김남주는 자본과 미국에 맞서 싸운 혁명가니까 영어를 못할 거다, 아니 안 할 거다 하고 생각했는데 실제론 영어, 일어, 독일어는 물론 나중엔 네루다를 읽으려고 스페인어까지 공부했답니다. 스스로 외국어를 통해 세상에 눈을 떴고 외국 시인들에게서 시법을 배웠다고 할 정도였어요. 네루다는 그중에서도 가장 큰 스승이었고요.

아무튼 네루다는 조국은 물론 전 세계적으로 대중과 평단의 인정을 받아서 노벨문학상을 비롯해 무수한 상을 받았죠. 하지만 정작 본인은 "민중시인이 된 것이 바로 내가 받은 상이다"라고 했어요. 전문가의 인정보다 민중의 사랑을 더 소중히 여겼던 것이고 그런 마음이 독자들에게 통한 거지요. 1972년에 해외에서 암 수술을 받고 귀국했을 때 국립경기장에서 대규모 환영행사가 열렸을 정도로 온 국민의 사랑을 받으며 행복한 말년을 보냈는데 이듬해 피노체트가 군부쿠데타를 일으키는 바람에 고통스럽게 죽고 말았어요.

당시 네루다는 이슬라 네그라의 집에서 병으로 앓아누워 있었는데, 무장 군인들이 쳐들어와요. 온 집안을 뒤져 난장판으로 만들고 총으로 위협하는 군인들에게 네루다가 말해요. "이 방에 위험한 건 하나밖에 없다." 장교가 놀라서 소리쳐요. "그게 뭐냐?"

"바로 시다."

네루다는 칠레 공산당원으로 평생 열심히 정치활동을 했고 공산당 대통령 후보로 지명까지 됐던 사람이에요. 사회당의 아옌데를 위해서 후보직은 사퇴하고 자기는 외교관 하고 그랬는데 쿠데타가 일어나서 아옌데 대통령은 싸우다 죽고 민주정부는 무너지는 꼴을 보게 된 거예요. 병상에서. 얼마나 참담했겠어요. 몸은 아프고 평생의 노력은 허사가 됐으니. 그런 상황에서 무장한 군인들에게 네루다가 말한 겁니다. 시가 위험하다고. 폭력을 휘두르는 너희에게 시는 위험한 것이고 나는 그 위험한 시를 쓰는 위험한 시인이라고. 펜은 칼보다 강하다고 하잖아요. 네루다는 그렇게 믿었고 그런 시를 썼어요. 정말 위험한 시를 썼죠. 진실하고 아름다운. 결국 네루다는 병원으로 강제 이송됐다가 열흘쯤 뒤 세상을 떴는데 무장한 군대가

삼엄하게 경계하는데도 수많은 사람들이 장례식에 참여해서 최초의 반독재 시위로 기록됐다고 합니다.

메타포가 뭐예요?

『일 포스티노』는 이런 당대 최고의 시인 네루다가 이탈리아의 한 바닷가 마을로 망명 와서 우편배달부 마리오와 우정을 나누는 이야기예요. 저는 이게 실화인 줄 알았어요. 실제로 네루다가 이탈리아로 망명한 적도 있어서 더 그랬죠. 그런데 알고 보니 네루다를 흠모한 칠레 출신 작가가 실화보다 더 실화 같은 이야기를 쓴 거였어요. 그럼 이쯤에서 예고편을 잠깐 보겠습니다.

(『일 포스티노』 예고편)

화면도 음악도 아름답죠? 영화에서 마리오는 돈도 없고 꿈도 없는 하릴없는 청년인데 네루다의 전속 집배원이 돼요. 전 세계에서 네루다한테 편지가 쇄도하니까 우체국에서 따로 집배원을 둔 거예요. 마리오가 그 집에 드나들면서 유명한 시인이니까 궁금하기도 하고 친해지고도 싶어서 안 읽던 시도 들춰보고 괜히 말도 걸고 그러다가 어느 날 물어요.

"메타포가 뭐예요?"

예고편에 이 장면 나오죠? 네루다가 답해요.

"한 사물을 다른 사물과 비교하면서 말하는 방법이지. 하늘이 울고 있다고 말하면 무슨 뜻일까?"

"비가 온다는 거잖아요."

"그게 메타포야."

그러고서 네루다가 바다에 관한 시를 읊으니까 마리오가 말해요.

"단어들이 이리저리 움직여요."

"그게 바로 운율이야."

"멀미가 났어요. 제가 마치 선생님 말들 사이로 넘실거리는 배 같았어요."

네루다가 놀라죠.

"네가 메타포를 만들었어."

"우연히 튀어나온 것뿐이에요."

"우연이 아닌 이미지는 없어."

마리오가 벅차서 가슴에 손을 얹고 말해요.

"선생님은 바람, 바다, 산, 불…… 온 세상이 다 무언 가의 메타포라고 생각하시는 건가요?"

네루다 입이 떡 벌어지죠. 메타포에 눈을 뜬 마리오 는 그때부터 사랑하는 여자한테 메타포로 작업을 걸어서 성공해요. 여자 엄마가 화가 나서, 도대체 그놈이 뭐가 좋 으냐? 물었더니 딸이 꿈꾸는 얼굴로 말해요.

"메타포요." (☺☺)

마리오는 이렇게 사랑을 얻기 위해 메타포를 사용하 다가 점차 사회에 눈을 뜨게 되고 권력에 맞서 자신의 목 소리를 내는 사람으로 변모합니다. 휘트먼의 말처럼 나 자신의 시를 쓰기 시작한 거지요. 결국은 그로 인해 우리 가 앞서 메타포를 배우면서 읽었던 시 「광시곡」을 쓴 로 르카처럼 마리오도 비극적인 최후를 맞는데, 그러니까 시 란 위험한 게 맞아요. 한 사람의 인생을 바꾸고 세상을 흔 들기도 하니까요.

이제 네루다의 시를 읽어볼게요. 워낙 멋진 작품이 많아서 고민하다가 짧은 걸로 골랐습니다.

별들은 어떻게 물을 구할까

전갈은 어째서 독을 품고

거북은 무엇을 생각할까

그늘이 사라지는 곳은 어디일까

빗방울은 무슨 노래를 부를까

새들은 어디에서 마지막을 맞을까

나뭇잎은 어째서 초록색일까

우리가 아는 것은 한 줌도 못되고

짐작하는 것만이 산더미 같다

그토록 열심히 배우건만

우리는 단지 질문하다 사라질 뿐

이 시는 흔히 「우리는 질문하다가 사라진다」는 제목으로 알려져 있지만 원제는 「다문 입으로 파리가 들어온다」로, 1958년 『에스트라바가리오』라는 시집에 실린 시입니다. 1968년 김수영 시인이 번역해 처음 소개한 것을 류시화 시인이 다시 옮겨 유명해졌지요. 네루다는 궁금한 게 많았나 봐요. 세상을 뜨기 몇 달 전엔 아예 질문으로만 이루어진 시 일흔네 편을 모아 『질문의 책』이라는 시집* 을 썼을 정도예요. 그가 던진 수백 개의 질문들 중엔 "나

---

* 파블로 네루다의 유작. 1974년 출간. 국내에서는 정현종 시인의 번역으로 2013년 문학동네에서 출간.

였던 그 아이는 어디 있을까" 같은 가슴 뻐근한 질문도 있고 "도마뱀은 어디서 꼬리에 덧칠할 물감을 구할까" 같은 엉뚱한 질문도 있는데, 읽다 보면 시인의 관찰력과 상상력에 놀라게 돼요.

저는 인생에서 가장 중요한 건 질문하는 거라고 생각해요. 세상을 그냥 봐 넘기지 않고 자기 식으로 보려는 노력이 질문을 만드는 거니까 질문이 없이는 자신의 삶을 제대로 살기 어렵다고 생각합니다. 그런데 막상 질문을 하려면 쉽지가 않고, 잘 하지도 않아요. 아이적엔 잘했는데. 그때는 뭐든 보면 이게 뭐야 하고 물었죠. 그런데 크면서 안 하게 돼요. 어른한테 질문했다가 '하라면 하지 뭔 말이 많냐'고 야단이나 맞고, 그러다 보면 묻는 게 두려워지고 점점 질문하는 힘을 잃어요. 그냥 시키는 대로, 하라는 대로 해요. 그렇게 나 자신의 시와 멀어지는 거죠. 그러니까 이 시를 보고 질문을 시작하면 좋겠습니다. 종이에 열 개의 질문을 써 보는 거예요. 과연 내 안에 무슨 질문이 있나 돌아보면서.

시를 쓴다는 것

시에 관한 외국영화 두 편을 봤으니 이번엔 한국영화를 봅시다. 이준익 감독의 『동주』, 김양희 감독의 『시인의 사랑』 등 재미있는 영화가 많은데 제가 소개할 영화는 이창동 감독의 『시』입니다. 보셨어요? 본 분이 많지 않은가 봐요. 저는 엄청 감동받았는데. 예고편으로 영화를 조금 봅시다. 몇 가지 버전의 예고편이 있는데, 그 중 하이라이트 영상을 보겠습니다.

(『시』 하이라이트 영상)

어때요? 보니까 흥미가 생기세요? 『시』는 혼자 중학생 손자를 키우는 가난한 할머니가 우연히 시 쓰기를 배우고 한 편의 시를 써가는 이야기예요. 이창동 감독이 직접 시나리오를 썼는데, "시가 죽어 가는 시대에 시가 무슨 의미가 있나 질문하고 싶었다"고 창작 의도를 밝혔더군요. 그 말대로 영화는 시가, 예술이, 사는 데 무슨 소용이 있고 의미가 있는지 돌아보게 해요. 주인공 양미자 역을 전설의 스타 윤정희 씨가 맡아서, 늙었지만 소녀 같은 약간 엉뚱한 캐릭터를 썩 잘 표현했고, 김용택 시인이 김용탁이란 시 선생님으로 깜짝 출연해서 즐거움을 줬습니다.

영화 보면 미자가 김용탁 선생한테 물어요. 어떻게 하면 시를 잘 쓸 수 있냐고. 그러니까 선생이 시를 쓰려면 잘 봐야 한다면서, 잘 알고 싶어서 이해하고 싶어서 보는 것이 진짜로 보는 거라고 답해요. 제가 첫 강의 때 반성에 대해서, 제대로 보기에 대해서 이야기했잖아요? 다 같은 얘기예요. 근데 중요한 건 양미자 씨는 실천을 해요. 조금 찔리죠? (☺☺) 남의 집 일을 하러 다니는 힘든 일상에서도 늘 수첩을 들고 다니며 열심히 보고 느낌을 적어요. 시 한 편 쓰는 게 인생 목표거든요. 어찌 보면 소박하다 못해 시시한 목표죠. 시집을 내서 이름을 떨치겠단 것도 아니고 그저 딱 한 편을 쓰겠다는 거니까. 그런데 그게 쉽지가 않아요.

손자는 용서하기 힘든 잘못을 저지르고, 자신은 치매에 걸리고, 열심히 살았지만 삶이 무너져 내리는 일들이 계속 일어납니다. 어디서부터 뭐가 잘못됐는지, 뭘 어떻게 해야 할지, 한 사람이 겪을 수 있는 최악의 상황이지만 미자는 최선을 다해요. 눈을 감지 않고 똑바로 보면서, 자기 인생과 부딪쳐요. 자신이 할 수 있는 최선을 다하고 자신이 쓸 수 있는 최고의 시를 써요. 영화 맨 마지막에 나오는 시, 「아네스의 노래」가 바로 그거예요. "그곳은 어떤가요 얼마나 적막하나요 / 저녁이면 여전히 노을이 지고 / 숲으로 가는 새들의 노래 소리 들리나요" 이렇게 시작하는 신데, 저도 그렇고 관객들이 많이 울어요. 시 때문에. 누가 썼나 궁금했는데 감독이 쓴 거래요. 이창동 감독이 원래 소설가인 건 알았지만 시도 잘 쓰더라고요.

영화를 보면서, 시를 쓴다는 건 견딜 수 없는 삶을 살아 내기 위한 힘을 얻는 것이구나 싶었어요. 요즘은 책들도 그렇고 시들도 위로와 공감을 앞세우면서 괜찮다고 말하는 경우가 많지요. 그런데 사실 괜찮지 않잖아요. 그렇게 간단히 괜찮아지면 좋겠지만 그렇지 않지요. 괜찮다고 말하는 건 하얀 거짓말 같아요. 우리는 괜찮다고 최면을 걸면서 살아요. 그런데 이 영화가 일깨우듯이, 시란 괜찮지 않음을 직시하는 데서 시작합니다. 미자는 거기서 시작해서, 어떻게 하면 내가 괜찮은 삶을 살 수 있는지, 우리가 다 괜찮으려면 어떻게 살아야 하는지로 나아가요.

공자가 시에 대해 한 유명한 말이 있어요. 『시경』에

실린 "시 삼백 편을 한마디로 요약하면 생각에 삿됨이 없는 것이다"詩三百一言以蔽之曰 思無邪라고 한 데서 나온 '사무사', 생각에 삿됨이 없다는 말입니다. 사邪란 간사하다, 속이다, 사사롭다는 뜻이니까 삿되다는 건 진실하지 못하고 남에게 잘 보이려 꾸민다는 말이지요. 흔히 시를 쓴다고 하면 말을 꾸미는 거라고 생각해요. 그런데 공자는 꾸미는 게 아니라 진실한 마음을 그대로 드러내는 게 시라고 합니다. 시란 잘 보이려고, 인정받으려고 속이거나 꾸미지 않고 정직하고 진실한 것이고 그래서 중요하다는 거지요.

미자는 이 '사무사'를 그대로 실천합니다. 자기 주변의 세상을 열심히 관찰하고, 외로운 손자와 그로 인해 상처받은 여학생의 마음을 다 헤아리고, 그 고통을 자신의 몸으로 함께 나누어 집니다. 절망 속에 몸을 던진 어린 학생에게 철저히 공감하고 자신이 져야 할 책임을 외면하지 않아요. 그래서 미자의 시를 듣는 순간 관객도 자신의 책임을 깨닫고 함께 울게 돼요. 진실한 시는 그렇게 함께 울게 해요. '시인이란 대신 울어 주는 사람'이라는 말이 있어요. 여러분 중에 시인을 꿈꾸는 분들도 있을 거예요. 아름다운 시구를 쓰려고 밤새 고민도 하고 그럴 텐데, 언어를 잘 쓰려고 고민하는 것도 중요하지만 그 언어도 대신 울어 주는 마음이 있을 때 빛난다는 걸 잊지 않았으면 합니다.

4

꼬리에
꼬리를
무는
시
읽기

시인, 물 위에 이름을 쓰다

이번에는 시인에 초점을 맞춰서 시를 읽어 보겠습니다. 시인의 감춰진 인생 이야기 같은 걸 알면 흥미가 생기고 어려운 시도 읽고 싶어지죠. 저는 그래서 시인의 평전이나 주변 사람들이 쓴 글을 종종 읽어요. 송우혜 작가의 『윤동주 평전』은 워낙 잘 쓴 책이라 이걸 읽고 윤동주 시를 보니 새롭게 느껴지더라고요. 김수영 시인의 부인인 김현경이 쓴 『김수영의 연인』은 시인의 내밀한 이야기가 담겨 있어 시를 이해하는 데 큰 도움이 됐고요.

지난 시간에 영화로 시 읽기를 했는데, 시인의 삶이

담긴 영화를 보는 것도 시와 친해지는 좋은 방법입니다. 영화 『동주』를 온 가족이 함께 봐도 좋고, 실비아 플라스 (1932~1963)의 비극적인 삶을 그린 『실비아』나 영국의 대표적인 낭만파 시인 존 키츠의 사랑을 그린 『브라이트 스타』 같은 영화도 권해 드리고 싶어요. 실비아 플라스는 그 전에도 좀 알았지만 키츠는 전혀 관심이 없다가 영화를 보고 관심이 생겼는데, 이 시인이 폐결핵으로 스물여섯에 죽으면서 "그 이름이 물 위에 쓰여진 자, 여기 잠들다"라는 묘비명을 남겼대요. 마음이 아리더라고요. 가난과 병에 시달리면서도 좋은 시를 쓰고 시인으로 성공하려고 정말 애썼다는 걸 영화를 통해 느꼈기 때문에 그런 묘비명을 남긴 게 마음 아팠어요. '물 위에 이름을 썼다'는 표현엔 자기 인생의 수고가 부질없다는 회한이 담겨 있잖아요. 얼마나 쓸쓸했을까 싶더라고요.

쓸쓸하기로 말하면 실비아 플라스도 만만치 않은데. 제가 예전에 실비아 플라스의 「아빠」Daddy라는 시를 보고 엄청 충격을 받았어요. "아빠, 아빠, 이 개자식, 이젠 끝났어."로 끝나는 신데, 그 도발적인 시어에 놀라고, 그걸 쓴 사람이 어찌나 예쁘고 똑똑한지 또 한 번 놀랐지요. 풀브라이트 장학금으로 케임브리지에 유학 가고 스물여

덟에 첫 시집을 내며 승승장구한 미인이 왜 이런 시를 썼을까, 처음엔 좀 뜨악했어요. 도무지 부족한 게 없어 보였거든요. 근데 나중에 『실비아 플라스의 일기』를 보니까 이 사람도 집안일과 창작 사이에서 갈등하고 열패감에 시달리는 게 나랑 별 다르지 않더라고요. 게다가 시와 사랑으로 맺어진 남편 테드 휴스는 자기 친구랑 불륜을 저지르고. 결국 실비아는 두 아이를 두고 자살해요.

죽은 뒤 테드 휴스가 아내가 남긴 일기랑 시 전집을 펴냈는데 이 시집이 퓰리처상을 받아요. 여성이, 그것도 죽은 시인이 이 상을 받은 건 처음이래요. 덕분에 실비아 플라스는 사후에 더 인정받고 거의 신화화됐지만 그럴수록 테드 휴스는 욕을 먹었지요. 아내를 죽음으로 몰고 간 나쁜 남자로. 더구나 외도했던 실비아의 친구와 재혼했다가 그이마저 실비아와 똑같은 방식으로 자살했으니 욕을 안 먹을 수가 없죠. 죽기 직전에 실비아와의 추억을 기록한 『생일편지』라는 시집을 내기도 했어요. 본인도 괴로웠겠죠. 영화 『실비아』에서 두 사람이 불타는 연애를 하다 결혼 이후 어긋나는 걸 보면 역시 결혼은 하는 게 아니구나, 사랑의 무덤이구나 싶어요. (☺☺)

아무튼 여러분도 시인의 삶을 그린 영화나 책 같은

걸 보면서 다양한 시인에게 관심을 가지기 바랍니다. 그리고 그 시인을 통해서 꼬리에 꼬리를 무는 시 읽기를 해 보면 좋겠습니다. 이렇게 읽어 본 적 있으세요? 이게 뭐냐면, 시인에서 시인으로, 시에서 시로 꼬리를 물고 이어가는 거예요. 시에서 시인을 읽고 그 시인을 매개로 또 다른 시를 읽는 식으로. 이렇게 읽으면 색다른 재미도 있고 새롭게 배우는 것도 많아요. 생각보다 재미있기도 하고. 한번 해 볼까요?

동아시아의 시 스타

자, 누구부터 시작할까요? 지금까지 외국 시, 현대시들을 주로 얘기했으니까 이번엔 우리 옛 시를 읽어 봅시다. 제가 좋아하는 허난설헌부터 시작할게요. 허난설헌(1563~1589) 아시죠? 조선 중기, 임진왜란 직전에 살았던 시인인데 시는 몰라도 이름은 많이 들어 봤을 거예요. 조선 최대의 문제아이자 천재로 유명한 허균의 누나고. 조선의 여성 하면 신사임당하고 허난설헌이 빠지질 않는데 신사임당이 성공한 여성의 표본이라면 허난설헌은 박복한 여성의 상징처럼 얘기가 돼요. 난설헌의 세 가지 한이라고, 조선에 태어난 게 첫째 한이고 여자로 태어난 게 둘째 한이고, 김성립과 결혼한 게 세 번째 한이라는 유명한 얘기가 있지요. 실제로 난설헌이 이런 말을 하지는 않았지만, 어쨌거나 사임당과 달리 시집살이도 좀 하고 아이 둘이 어려서 죽고 스물일곱에 요절했으니까 불행하긴 했죠.

하지만 이런 프레임 때문에 허난설헌이 얼마나 빼어난 시인이며 대담한 여성인지를 놓치는 것 같아요. 시를 읽기 전에는 저도 난설헌 하면 슬픈, 눈물 흘리는 여성을 떠올렸거든요. 그런데 시를 보니까 아니에요. 슬픔과 괴로움을 토로하는 시도 있지만, 예술가로서의 자의식, 자부심도 크고, 좋아하는 사람한테 먼저 고백도 하고, 술도 좋아한 것 같고……. (☺☺) 또 야사에 전해오는 일화들도 우리가 생각하는 수동적인 조선 여자하고는 거리가 멀더라고요.

야사에 재미있는 얘기가 있어요. 난설헌이 열다섯에 안동 김씨 김성립과 결혼했는데 당시엔 얼굴도 안 보고 혼인하잖아요. 특히 여성은 혼례 때도 감히 신랑 얼굴을 보지 못할 정도죠. 그런데 난설헌은 결혼 전에 신랑을 봐야겠다면서 남장을 하고 몰래 가서 보고는 맘에 들어서 결혼했대요. 사실인지 아닌지 알 수 없어도 이런 얘기가 전해지는 걸 보면 상당히 당돌하달까, 남다른 데가 있었나 봐요.

　난설헌이 이런 캐릭터가 된 데는 집안 환경도 한몫했어요. 대대로 정승, 판서를 지낸 대단한 집안인데 무엇보다 문학을 좋아하고 분위기가 자유로웠던 것 같아요. 특히 난설헌의 바로 위 오빠 허봉, 난설헌, 동생 허균은 당대 최고의 문장가로 '삼허'三許라고 불렸어요. 이 셋은 아버지 허엽이 첫 아내와 사별하고 강릉의 김씨와 재혼해서 낳은 자식들이에요. 여러분 초당두부 아시죠? 허엽의 호가 초당인데 강릉 처가에 살면서 마을 특산품으로 두부를 만든 것이 그 유명한 초당두부랍니다. 허엽의 자식들이 이 두부를 먹어서 똑똑하다고 소문이 나서 굉장히 잘 팔렸는데 그 바람에 허엽은 사대부가 장사로 돈을 번다고 욕을 먹기도 했대요. 아무튼 허엽이 첫 아내에게서 아이 셋을 낳고 둘째 아내에게서 이 삼허를 얻었는데 모두 재능도 성정도 보통이 아니었어요. 결국 허봉은 반대파에 탄핵당한 뒤 방랑하다 객사하고, 난설헌은 요절하고, 허균은 역모죄로 능지처참당했지요.

　비록 세상과는 불화했지만 세 형제간의 우애는 아주

돈독했습니다. 단순히 형제를 넘어 시인으로서 서로에게 영향을 주고받는 시벗이었지요. 오빠 허봉은 임금도 인정한 당대의 문장가였는데 "누이 경번의 글재주는 배워서 이룰 수 있는 게 아니다. 이태백이 남긴 글이라고 할 만하다"고 극찬합니다. 그리고 시집 간 누이동생에게 자기가 아끼던 두보의 시집을 보내 줘요. 두보의 소리가 너의 손에서 다시 나오길 바란다는 편지까지 책 뒷장에 써서. 난설헌도 그런 오빠를 참 좋아하고 의지했죠. 시인으로서 자기를 알아주는 지음이니까. 동생 허균은 한술 더 떠서 누나를 존경하고 추앙했어요. 자기한테 시를 가르쳐 준 스승이기도 했거든요. 난설헌이 죽을 때 자신의 시를 다 불태우라고 해서 시가 남은 게 없었는데 허균이 외우고 있던 누나의 시 수백 편을 다 필사해서 시집으로 묶어요. 그리고 그걸 정승 유성룡에게 보여 주고 발문을 부탁합니다. 유명한 사람의 추천사를 받아서 책을 널리 알리려는 거지요. 또 중국에서 온 사신들에게도 보여 줘서 난설헌 시집이 중국에서 발간되고 일본에서도 나오게 돼요. 동아시아 삼국에서 문집이 간행된 조선인은 난설헌 하나예요. 대단하죠?

난설헌은 여성은 이름도 변변히 없던 시대에 난설헌

이란 호, 초희楚姬라는 이름, 거기에 경번景樊이란 자까지 있었어요. 자는 관례나 혼례를 치러 어른이 되면 지어 준 이름인데, 초희, 경번 모두 춘추시대 초 장왕의 아내 번희에게서 따온 것이었어요. 현명한 조언으로 남편을 패자로 만든 번희처럼 부부가 서로 존중하며 성공하기를 바라는 마음이 담겨 있는 것이지요. 이 이름을 아버지가 지어 줬다 난설헌이 직접 지었다, 설이 분분한데, 진실은 알 수 없지만 아무튼 여성이 이렇게 이름을 갖고 그 이름이 널리 알려지는 건 아주 드문 일이죠. 그 때문에 두고두고 구설에 시달려요.

박지원의 『열하일기』를 보면, 여자가 시를 짓는 것도 문제요 호가 알려지는 것도 과분한데 이름까지 국내외에 알려지다니 이런 남세스러운 짓이 어디 있냐고 개탄하는 대목이 있어요. 박지원은 거의 이백년 뒤 18세기 사람이고 더구나 고루한 유학자가 아닌 실학자, 자유분방한 사상가로 유명하잖아요. 그런 사람이 이런 말을 한 거예요. 지전설을 주장한 실학자 홍대용이나 책벌레로 유명한 이덕무도 마찬가지였고. 16세기 사람인 유성룡이 난설헌 시를 보고 이 집안엔 왜 이리 천재가 많으냐면서 작품을 후세에 잘 전하라고 극찬한 것과 비교해도 후대인들의 사고가 더 고루한 느낌이 들어요. 조선이 철저한 유교사회가 되고 아시아에서도 유례없는 가부장제가 확립된 게 17세기인데, 그런 사회적 흐름이 지식인들의 사고에서도 드러나는 것 같아요.

자, 시인은 시로 말하는 거니까 시를 봐야죠. 제가 오늘 소개하는 건 난설헌이 쓴 시 중에 가장 슬픈 시예요. 읽어 볼까요.

곡자

지난해에 사랑하는 딸을 여의고
올해는 사랑하는 아들마저 잃었네.
슬프고 슬픈 광릉 땅에
두 무덤 나란히 마주 보고 있구나.
백양나무 숲 쓸쓸한 바람
도깨비불은 숲속에서 반짝이는데
지전을 살라서 너희 넋을 부르고
무덤에 술 부어 제사를 지낸다.
너희 남매 가여운 혼은
밤마다 서로 어울려 놀겠지.

비록 뱃속에 아이가 있으나

어찌 잘 자라길 바라랴.

하염없이 슬픈 노래*를 부르며

피눈물 슬픈 울음을 속으로 삼키네.

「곡자」哭子, 죽은 자식 앞에서 곡한다는 제목의 시입니다. 난설헌이 결혼하고 참 외로웠어요. 남편이 과거 공부한다고, 요즘 같으면 고시원에 가 있고 혼자 시집살이를 했거든요. 사임당처럼 친정에서 살았으면 괜찮았을 텐데, 진짜 대가 센 여자는 난설헌이 아니라 사임당인 거 같아요. (☺☺) 아무튼 남편이 계속 시험에 떨어져서 별거생활이 길어지고 그러면서 부부 사이도 멀어진 것 같아요.

당시 일화가 있어요. 김성립이 공부하는 곳에 여종이 심부름을 갔는데 마침 당사자는 없고 친구들만 있었어요. 그런데 친구들이 거짓말을 한 거예요. 기생집에 놀러 갔다고. 종이 얼른 와서 난설헌한테 일러바쳤죠. 어땠겠어요? 자기는 남편도 없는 시집살이를 하는데 시험 공부한다고 하고 나가서 놀고 있다니, 기가 막혔을 거 아녜요. 나 같으면 어휴……. (☺☺) 그런데 난설헌은 맛있는

---

* 원문에는 '황대사'(黃臺詞)로 되어 있다. 황대사는 당나라 고종의 아들 이현이 지은 노래로, 부왕의 둘째 아내인 측천무후 때문에 형이 죽고 남은 자식들도 위태로움을 표현한 것이다.

음식에다 술까지 한 상 잘 차려서 보내요. 술병에 시 한 수를 딱 써서. 우리 낭군은 딴 마음이 없는데 친구들이 왜 이간질이냐 하고. 친구들이 깜짝 놀라죠. 아이쿠, 이 여자 대단하구나, 시도 잘 쓰고 성격도 호탕하구나. 사실 이게 칭찬받을 일인데, 투기 안하는 지혜로운 아내니까. 그런데 난설헌의 경우엔 현숙한 아내라고 칭찬하기보다 여자가 기가 세다는 식으로 말들이 나요. 남자들이 좀 압도된 거죠. 아는 게 없든지 속이 좁든지, 뭐든 자기들보다 못하는 게 있어야 하는데 이 여자가 워낙 탁월하니까.

그래도 난설헌이 남편을 싫어하거나 무시한 것 같진 않아요. 허균은 매부가 못났다고 혹평을 했지만 그야 누이가 고생하다 일찍 죽었으니 좋아 보일 리 없고, 정작 난설헌은 남편을 그리워하는 시도 여러 편 쓰고 그랬어요. 물론 그 시대에 이혼을 할 수도 없고 어쩔 수 없었겠지만⋯⋯. 하여간 그런 처지에서 어린 두 아이는 유일한 희망이고 위로였죠. 그런데 시를 보면 아시겠지만 불행히도 두 아이가 잇달아 세상을 뜬 거예요. 부부 사이가 좋았어도 너무나 괴로운 일인데 하물며 혼자 견뎌야 했으니 그 마음이 어땠겠어요.

상상해 보세요. 어린 자식들을 먼저 보내고 무덤 앞

에서 제사를 지내요. 백양나무 숲에서 바람이 불어요. 여러분, 백양나무 보셨어요? 백양나무를 사시나무라고 해요. 사시나무 떨 듯 한다는 말이 있죠? 이 나무는 느티나무처럼 잎들이 무성하지 않고 가지에 잎들이 낱낱이 달린 모양새라 바람이 불면 파르르 떨려요. 여린 몸이 휘청이듯이. 보기에 쓸쓸하고 애잔해요. 그러니까 그냥 나무숲이라고 안 하고 백양나무라고 콕 집어 표현한 데는 이유가 있는 거죠. 바람이 느티나무를 흔들면 시원한 느낌이들지만 바람이 사시나무 잎을 흔들면 사무치거든요. 꼭 사시나무여야 하는, 그렇게 정확히 써야 하는 이유가 있는 거죠. 거기에 심상이 담기니까. 시를 쓸 때 대충 이름 모를 꽃이라고 하면 안 돼요. 이름 모를 꽃이라고 할 때는 그래야 하는 이유가 있어야지, 내가 잘 몰라서, 꽃 이름도 확인 안 할 만큼 게을러서 그렇게 쓰면 안 되는 거지요. 그래서 공자가 시는 잘 관찰하게 하고 동식물의 이름을 알게 한다고 한 겁니다.

이 시를 쓰고 얼마 안 돼 난설헌은 세상을 떠요. 시에 보면 뱃속에 셋째 아이를 잉태했다고 하는데 낳지 못하고 죽었어요. 그래서 불행의 아이콘이 돼 버렸지만, 사실 난설헌의 시 세계는 그보다 훨씬 크고 다채로워요. 자신은 잘 나가는 양반가 규수지만 가난한 여성들의 힘겨운 삶을 그린 시도 썼고, 무엇보다 여성으로는 처음 유선시를 썼어요. '유선'遊仙은 선계에서 노닌다는 뜻으로 도교의 신선사상에서 나온 시의 한 장르입니다. 아버지 허엽이 황진이와도 인연이 있는 화담 서경덕에게 배웠는데, 화담은 정통 주자학과는 다른 현실주의적이고 도가적인 기풍을 가진 학자여서 그 영향으로 허엽도 도가에 소양이 있었고 이게 자식들에게 이어졌지요.

난설헌의 유선시를 보면 이 사람이 얼마나 크고 당찬 꿈을 꿨는지 알 수 있습니다. 그가 그린 신선계에서는 여자 남자 상관없이 책 읽고 토론하고 시를 쓰고 사랑을 나눠요. 조선 사회에서는 불가능한, 수백 년이 지난 뒤에도 조선 유학자들을 질색하게 만드는 꿈이지요. 하지만 바로 그런 열린 사고, 남다른 상상력 때문에 중국과 일본의 여러 시인들, 특히 여성 시인들에게 영감을 주었죠. 그 대표적인 사람이 중국에 살았던 허소설헌이에요.

중국에서 환생한 난설헌

소설헌의 아버지는 선조 때 조선 역관이었던 허순이

란 사람이에요. 어쩌다 중국 산둥성에 자리를 잡고 중국 여성과 결혼해서 딸을 낳았는데, 바로 소설헌이에요. 이 애가 어려서 우연히 난설헌의 시집을 읽고 완전히 그 책에 빠집니다. 마침 자기도 허씨니까 '내가 바로 난설헌이다, 전생에 난설헌이었다' 이렇게 생각해요. 그래서 이름도 난설헌을 사모한다는 뜻의 경란景蘭, 호도 작은 난설헌, 소설헌小雪軒이라 지었어요. 그러고 난설헌의 모든 시에 차운시를 썼어요. 한시는 운을 맞춘다고 했잖아요? 한시에선 운을 맞추는 게 중요하고 어려워요. 운자를 하나 띄워 놓고 돌려 가며 시를 쓰면 각자의 실력이 확 드러나죠. 그런데 소설헌이 난설헌이 쓴 시의 운을 그대로 살려서 시를 쓴 거예요. 예를 하나 보여 드릴게요.

오동나무 한 그루 역양에서 자라나
차가운 음지에서 몇 해를 견디었던가.(陰음)
다행히 귀한 장인을 만나
거문고 소리를 이루었다네.(琴금)
거문고 한 곡조를 타 보지만
세상에 알아듣는 이 없어(音음)
그래서 광릉산의 노래가

끝내 전해지지 못했나 보오.(沉침)

갈거미 오래된 벽을 기어가고
귀뚜라미 가을 그늘에서 우네.(陰음)
밤에 되면 항상 꿈이 없어
책상 위 거문고를 탄다네.(琴금)
거문고 소리 어찌나 맑은지
스스로 청아한 음율을 내는데(音음)
자던 새는 숲속에서 울고
연못엔 달빛이 그윽하네.(仉침)

　똑같이 「견흥」遣興이라는 제목의 작품으로 먼저 쓴
것이 난설헌 시이고 다음에 쓴 것이 소설헌이 차운한 시
입니다. '견흥'이란 흥이 나서 쓴다, 시름을 풀려고 쓴다
는 뜻으로 특별한 의미가 있는 건 아니에요. 제가 괄호 안
에 각 행의 마지막 글자를 한자로 써 놨지요. 그게 운인데
둘을 비교해 보면 같다는 걸 알 수 있습니다. 운자만이 아
니라 내용도 비슷해요. 자기가 멋진 연주를 하는데 듣는
사람이 없다, 다시 말해 자신의 시를 알아주는 이가 없다
는 거죠. 약간 차이가 나는 것은, 난설헌은 한때 "귀한 장

인"이 있었지만 소설헌은 그런 사람이 없어요. 그가 의지하는 건 새와 달 같은 자연뿐이에요. 적막하지요. 소설헌도 유선시를 썼는데 난설헌의 호방함보다는 차분하고 정적인 느낌이 듭니다.

　아무튼 소설헌은 이처럼 시마다 운만 살린 게 아니라 그 운에 담긴 느낌까지 고스란히 살려서 차운시를 썼습니다. 자기 말마따나 난설헌이 돼서, 빙의를 해서 쓴 거죠. 그리고 자기도 난설헌처럼 스물일곱에 죽는다고 믿고 준비를 해요. 한데 스물일곱이 된 해에 다 정리하고 죽기를 기다리는데 안 죽는 거예요. 소설헌이 충격을 받아요. 내가 죽을 때가 됐는데 왜 안 죽나? 그때 깨달아요. 아, 내가 난설헌이 아니구나! (☺☺) 우리는 지금 웃지만 그이는 하늘이 무너지는 충격이었을 거예요. 기록에 따르면 그 충격으로 세상을 등지고 도교 사원으로 들어가 종적을 감췄대요.

　어이없다고 생각할 수도 있지만, 우리도 자기가 그리는 삶의 모델이 있고 꿈꾸는 모습이 있는데 그게 안 이루어지면 절망하잖아요. 소설헌은 난설헌처럼 뛰어난 시인으로 살고 싶었는데 안 된 거죠. 자신과 함께 시를 나눌 벗도 없고. 난설헌은 형제라도 있었지만 그이는 그런 사람들도 없었고, 재능의 한계를 느꼈을지도 몰라요. 그런 절망감에 세상을 등졌는지도. 애타게 바란 인생이 자기 것이 아님을 깨달았을 때 얼마나 쓸쓸했겠어요. 그나마 다행인 건 사람들이 소설헌의 시를 인정하고 책으로 묶어 전한 거예요. 중국에서 나오고 나중에 조선에도 전해져서 출판이 돼요. 만약 혼이 있다면 위로가 됐을 것 같아요.

잿더미에서 살아남은 시

허난설헌을 통해 만나볼 두 번째 시인은 18세기 조선 시인 이언진(1740~1766)입니다. 이언진은 난설헌과 살았던 시대도 성별도 계급도 다 달라요. 그런데 왜 이언진으로 이어지느냐? 일단, 둘 다 스물일곱에 작품을 불태우고 죽었다는 공통점이 있거든요. 난설헌은 분서를 유언했는데 동생이 기억으로 살려 냈고, 이언진은 직접 태우다가 아내가 막아서 일부를 구했죠. 이언진의 유고집 제목이 『송목관신여고』松穆館爐餘稿예요. 송목관은 자신의 호, '신여고'는 타다가 남은 원고란 뜻이에요. 두 시인이 다 자식도 없이 젊어서 죽었는데 분신 같은 자기 작품을 불태웠어요. 세상에 대한 원망이 절망이 된 게 아닐까, 허무가 참으로 깊었던 게 아닐까, 그런 생각이 듭니다. 또 하나의 공통분모는 박지원이에요. 앞서 박지원이 난설헌에 대해 혹평한 적이 있다고 했지요? 안타깝지만 이언진에 대해서도 그랬어요.

이언진은 통역관이었어요. 스무 살 때 한학, 즉 중국어 역관 시험에 합격해서 중국에도 다녀오고 통신사를 따라 일본에도 갔다 왔어요. 신분이 중인이죠. 조선시대 신분차별 하면 서얼 차별 얘기를 많이 하죠? 아버지를 아버지라 부르지 못한 불쌍한 홍길동처럼. 그런데 서얼은 반쪼가리 양반이라도 양반은 양반이거든요. 그래서 양반들이 서얼을 차별하지 말자는 주장도 하고 또 함께 어울리기도 했지요. 허난설헌의 집안에서 이달이란 서얼 시인을 시 선생님으로 대접한 것도 그렇고, 박지원은 이덕무나 박제가 같은 서얼 학자들과 아주 친하게 지냈고, 정조는 이들을 규장각에 대거 채용하기도 했어요. 하지만 중인은 달라요. 양반 입장에서 중인은 태생부터 다른 존재라 양반이 중인과 벗하는 일은 드뭅니다. 그런데 이용휴라고, 정약용도 존경한 유명한 학자가 이언진을 보고 첫눈에 반해서 제자로 삼아요. 말이 제자지 사실은 친구처럼, 신분도 낮고 나이도 삼십 년 이상 아래지만 문장과 학문이 뛰어나니까 인정을 해요. 어느 정도냐면 "이언진은 종이에 붓을 대기만 하면 작품이 된다. 하지만 남의 인정을 구하지도, 남을 이기려고도 안 했다. 그를 알아줄 만한 사람도 없고 이길 사람도 없었기 때문이다"라고 했어요. 어마어마한 극찬이죠. 마치 난설헌과 오빠 허봉처럼 이용휴는 이언진을 알아주는 지음이었습니다. 나중에 이언진이 죽자 이용휴가 애도시를 열 편이나 써요. 슬픔이 그만큼 컸던 거죠.

사실 이언진을 인정한 양반이 이용휴 말고도 꽤 있어요. 통신사를 따라 일본에 갔을 때 이 사람이 얼마나 탁월한지 다들 알게 됐거든요. 통신사가 가면 일본 사람들이 시나 글씨를 써달라고 옵니다. 조선인들이 중국에서 사신 오면 시 한 수라도 받으려고 한 것처럼 일본에서도 우리 사신들한테 그랬죠. 그런데 시 쓰는 게 힘들잖아요. 오래 고민해서 쓰는 것도 아니고 금방금방 운자 맞춰서 써 줘야 하고. 한데 이언진은 일필휘지로 써 준 거예요. 어쩌다 역관인 이언진이 시를 써 주게 됐는지는 몰라도, 아무튼 한번 했는데 워낙 잘 쓰니까 그다음부턴 윗사람들도 이언진한테 믿고 맡기고 일본인들도 사대부들보다 이 사람한테 가서 줄을 서요. 사람들이 산처럼 모여서 하루에 시 오백 수를 지었대요. 또 그걸 한 자도 빠짐없이 외우는 걸 보고 일본인들이 신처럼 여겼다고 해요. 귀국하기도 전에 일본에서 시집이 출판됐을 정도니까 일종의 한류 스타죠. 이게 다 양반들 기록에 나와요.

외국에서 그렇게 대단했으니 조선에 와서도 그랬을 것 같은데 아니에요. 여전히 가난하고 외롭고, 병까지 들어서 아팠어요. 그래도 이언진은 문장가로 사상가로 큰 자부심과 꿈이 있었어요. 그래서 자기 시를 당대 최고의 문장가인 박지원에게 보냅니다. 이언진은 눈이 높았거든요. 양반들이 인정한다고 마냥 좋아하지 않았고 자신이 인정하는 사람, 박지원에게 인정받고 소통하고 싶었던 거예요. 그런데 박지원이 혹평을 해요. 당시 유행하던 중국 문장을 흉내 냈다고. 이언진이 그 얘길 듣고 발끈합니다. 너도 똑같다, 영향을 받은 걸로 따지면 마찬가진데 네가 그런 얘길 하냐고. 세상이 인정하는 양반 지식인한테 혹평을 들으면 기가 죽을 수도 있는데 아니에요.

이언진이 쓴 시를 보면 자기를 중국 최고의 시인 이태백에 견줘요. 그러면서 '아우아불우인'我友我不友人, 나는 나를 벗하지 남을 벗하지 않는다고 해요. 세상이 알아주지 않아도 나는 나를 믿고 나아간다는 거죠. 양반이 아니면 사람 취급도 못 받고 반쪽 양반도 차별받던 시대에 중인 역관이 이런 자부심을 가졌어요. 다음 시를 보세요.

> 이 세계는 하나의 거대한 감옥
> 빠져나올 어떤 방법도 없네.
> 팔십 되면 모두 죽여 버리니
> 백성도 임금도 똑같은 신세.

조선은 삼강오륜을 최고로 치고 주자학에서 조금만 벗어나도 이단이라고 죽이던 사회예요. 그런데 이언진은 그런 사회에서 세상은 감옥이고 백성도 임금도 똑같은 인간이라고 말해요. 무시무시한 도발이고 전복이죠. 지고의 존재인 임금도 나와 똑같다고 할 정도니 그런 사람이 박지원에게 기가 죽을 리 없죠. 다만 절망했죠. 이해할 줄 알았는데 자기를 폄하하니까 이 세상에선 안 되는구나, 소용없구나, 절망해요. 아마 그게 병을 더 깊게 했나 봐요. 결국 얼마 후에 자신이 쓴 글을 불태우고 세상을 뜹니다.

그가 죽었다는 소식을 듣고 박지원은 충격을 받아요. 뒤늦게 후회를 하죠. 자신은 젊은 이언진이 너무 오만해서, 더 잘되라고 기를 죽인 건데 이렇게 되다니 하고. 그래서 『우상전』이라고, 그의 짧은 생을 전기로 써서 남겨요. 천재의 죽음이 가슴 아파서. 우상虞裳은 이언진의 자입니다. 여성이었던 허난설헌과 비교하면 중인이었던 이언진을 그래도 더 인정했던 것 같아요. 남성이니까 여성보다는 이해하기가 조금 더 쉬웠나 봐요.

　제가 몇 해 전에 박희병이 번역한 이언진 시를 읽고 참 좋아서 그해 1월 1일에 제 수첩에 그의 시구를 적었어요. 저는 해마다 정월 초하루에 그해의 다짐 같은 문장 한 줄을 수첩 맨 앞쪽에 적어두거든요. 그때는 세상에서 계속 치이는 느낌이 들고 사람에게 신물이 나서 '아우아불우인'을 썼어요. 당신들이 뭐라든 나는 내 식대로 살겠어 하는 마음으로. 그런데 그해에 정말 외로웠어요. 정말 뼛속까지 외로운 거예요. 그때 알았어요. 외롭다는 게 사람을 죽일 수도 있구나. 요즘 사람들이 혼밥이니 혼술이니 혼자 산다는 말들을 많이 하는데, 다시 생각해 봐야 해요. 고독을 감당할 용기가 자기 안에 있는지, 세상을 아랑곳하지 않을 만큼 어엿한 꿈과 능력이 있는지, 무엇보다 그럴 체력이 있는지. (☺☺) 난설헌이나 이언진은 체력은 없었지만 크나큰 포부와 능력이 있어서 수백 년이 지난

지금까지 자신을 증명하는 거고, 보통 사람은 계속 살아
갈 체력이 있어야 자신을 증명할 수 있으니까요.

정지용, 유고에 분향하다

이번엔 현대 시인들이 어떻게 꼬리를 물고 이어지는
지 보겠습니다. 처음 만날 시인은 한국인이 가장 사랑하
는 시인 윤동주(1917~1945)입니다. 윤동주를 통해 제가 소
개할 시인은 두 사람입니다. 우선은 윤동주가 꼬리를 문
선배 시인 정지용입니다.

정지용(1902~1950)은 윤동주가 가장 좋아한 시인이고,
또 윤동주의 시가 세상에 처음 소개될 때 소개말을 썼을
뿐 아니라 1948년 시집 『하늘과 바람과 별과 시』가 출간
될 때도 서문을 쓴 인연이 있습니다. 윤동주는 이른바 등
단을 한 시인이 아니라 사후에 유고 시를 통해 알려졌죠.
강처중, 정병욱, 이 두 친구가 그의 시를 소중히 간직했다
가 세상에 내놓은 덕분에 이런 젊은 시인이 있었다는 걸
세상이 알게 되었지요. 특히 강처중은 해방되고 『경향신
문』 기자를 하면서 죽은 친구 윤동주를 세상에 알리려고
무진 애를 썼습니다. 1947년 2월 13일 자 『경향신문』에

윤동주의 시를 처음 소개했고 시집도 펴냈죠. 그때 주간인 정지용에게 서문을 부탁하고 자신은 발문을 썼습니다. 한번 찾아 읽어 보세요. 둘 다 참 명문인데 특히 정지용의 문장은 가슴을 울립니다.

무엇이라고 써야 하나? 재조도 탕진하고 용기도 상실하고 8·15 이후에 나는 부당하게도 늙어 간다. 아직 무릎을 꿇을 만한 기력이 남았기에 나는 이 붓을 들어 시인 윤동주의 유고에 분향하노라. (……) 무시무시한 고독에서 죽었구나! 스물아홉이 되도록 시도 발표하여 본 적 없이! (……) 일제 시대에 날뛰던 부일문사附日文士 놈들의 글이 다시 보아 침을 배알을 것뿐이나, 무명 윤동주가 부끄럽지 않고 슬프고 아름답기 한이 없는 시를 남기지 않았나? 시와 시인은 원래 이러한 것이다.

이렇게 이어지는 정지용의 서문을 보면, 살아남은 선배 시인으로서의 자괴감과 안타까움, 여전히 청산되지 못한 친일파에 대한 분노가 생생하게 전해집니다. 하지만 그 뒤 윤동주 시집에서 정지용의 서문과 강처중의 발문은 사라집니다. 강처중이란 이름 자체가 오랫동안 감춰져 있었지요. 사회주의자였거든요. 정지용도 월북인사라고 금기시해서 윤동주와의 인연이 지워졌죠. 시간이 많이 흐른 뒤에야 이런 사실이 알려지고 이름도 밝히게 됐는데, 강처중이나 정지용이 없었다면 윤동주가 이렇게 빛을 볼 수 있었을까 싶고, 늦었지만 이제라도 제자리를 찾은 것 같아 다행입니다.

한국 현대 시문학사에서 정지용이 차지하는 위치는 독보적입니다. 1935년에 『정지용 시집』이 나왔는데 윤동주만이 아니라 많은 시인들이 영향을 받았어요. 무엇보다 윤동주는 정지용이 동시를 쓴 것, 현학적인 시어가 아니라 일상어를 쓴 데서 영감을 얻습니다. 이전까지 윤동주는 어려운 시어로 추상적인 시를 썼는데 달라져요. 동시도 열심히 쓰고. 두 사람이 쓴 동시를 한번 볼게요.

말

말아, 다락 같은 말아,
너는 점잔도 하다마는
너는 왜 그리 슬퍼 뵈니?
말아, 사람 편인 말아,

검정콩 푸렁콩을 주마.

이 말은 누가 난 줄도 모르고
밤이면 먼 데 달을 보며 잔다.

산울림

까치가 울어서
산울림,
아무도 못 들은
산울림.

까치가 들었다,
산울림,
저 혼자 들었다,
산울림.

앞의 것은 교과서에도 실렸던 정지용의 「말」馬이란
시예요. "다락 같은 말"이란 표현을 두고 설이 분분한데,

참고서 등에선 다락처럼 어둡고 컴컴하다는 뜻으로 새겼지만 국문학자 권영민은 '다락같은'을 붙여서 덩치가 아주 크다는 뜻으로 해석했어요. 한데 백석의 동시 「기린」에 "너는 키가 크기도 하구나 / 높다란 다락 같구나."라는 구절이 있는 것으로 보아 다락처럼 높다, 키가 크다는 의미로 이해하면 될 것 같습니다.

시를 보면, 말이 같이 살던 사람이 없어진 줄도 모르고 잘 잔다고 해요. 하지만 "넌 왜 그리 슬퍼 뵈니", "밤이면 먼 데 달을 보며 잔다"는 구절은 말이 부재를 느끼고 있음을 은근히 표현해요. 그리고 시의 화자도 사라진 누군가를 생각하고 있음을 드러내요. 시를 쓴 때가 일본의 지배 아래서 많은 이들이 고통받고 독립과 자유를 찾아 떠나던 시대라는 걸 생각하면, 어느 날 문득 사라진 누군가의 부재와 그 이유에 대해 여러 상상을 하게 되죠. 짧은 동시지만 많은 뜻이 함축된 시입니다.

윤동주도 이런 시를, 단순하면서도 깊은 시를 쓰고 싶었나 봐요. 그래서 동시를 열심히 썼는데 그중 하나가 「산울림」입니다. 저 혼자 울고 그 울음의 메아리를 저 혼자 듣는 까치를 상상하면 마음이 짠하지요. 누구보다 예민했던 윤동주의 고독이 그려지기도 하고, 친구 없이 혼자 노는 아이의 외로움이 느껴지기도 합니다. 어른들은 아이들은 외로움이나 우울 같은 건 모를 거라 여기지만 우리 어렸을 때 생각해 봐요. 아니잖아요? 나 혼자 산울림을 듣다가 울어 버린, 그런 날이 있잖아요. 젊든 늙든, 짧든 길든 인생이 다 그렇지요.

국경을 넘어 시인에서 시인으로

윤동주 시인에서 이어진 두 번째 시인은 이바라기 노리코(1926~2006)입니다. 「내가 가장 예뻤을 때」라고, 우리나라에서 같은 제목의 소설도 나온 유명한 시를 비롯해서 전쟁과 천황제에 반대하는 시를 여러 편 쓴 전후 일본의 대표적인 시인입니다. 이 시인이 쉰이 넘어서 한국어를 배워요. 남편과 사별하고 "슬픔의 밑바닥에서" 일어서려고 한국어 공부를 시작했답니다. 『이바라기 노리코의 한글로의 여행』이라는 책에 자세한 얘기가 나오는데 그걸 보면 우리말을 정말 열심히 배우고 좋아한다는 걸 알 수 있어요. 그렇게 배워서 환갑이 넘은 나이에 한국의 현대시들을 번역해 소개했고, 무엇보다 윤동주를 좋아해서 앞서 말한 책에 「윤동주」라는 수필을 썼는데 그게 일본 교과서에 실려서 많은 일본인들에게 윤동주 시인을 알리고 식민 지배를 반성하는 계기를 만들었습니다.

　한 가지 아쉬운 건 그 글에서 이부키 고가 번역한 「서시」를 인용하는 바람에 윤동주 시의 역사성, 저항성이 일본인들에게 충분히 전달되지 못했다는 점이에요. 윤동주의 묘를 발견해 세상에 알린 한국문학자 오무라 마스오는, 이부키가 "모든 죽어 가는 것을 사랑해야지"를 "모든 살아 있는 것을 사랑해야지"로 옮겨서 시인이 마치 조선인과 조선 문화를 죽인 이들까지 사랑한 것처럼 왜곡했다고 비판합니다. 오무라 교수가 쓴 『윤동주와 한국 근대문학』이란 책을 보면 일본어 번역의 문제뿐 아니라 시어를 현대식 표기법으로 고치는 것의 위험성도 지적하고 있는데 새겨들을 대목이 많습니다.

　하지만 이런 점이 있다고 이바라기 노리코의 윤동주 사랑을 의심할 건 아닙니다. 그가 윤동주 시인을 노래한 「이웃나라 말의 숲」이라는 시를 보면 알 수 있지요. 그중 일부를 소개합니다.

　(……)

　대사전을 베개 삼아 선잠을 청하면

"자네 너무 늦게 들어왔어" 하고
윤동주가 다정하게 나무란다
정말 늦었다
하지만 무슨 일이든
너무 늦었다고 생각지 않으렵니다
젊은 시인 윤동주
1945년 2월 후쿠오카 형무소에서 옥사
(……)
─하늘을 우러러, 한 점 부끄럼이 없기를─

그렇게 노래하고
당당히 한글로 시를 썼던
당신의 젊음이 눈부시고도 애처롭습니다
나무 그루터기에 걸터앉아
달빛처럼 맑은 시 몇 편을
서툰 발음으로 읽어 보지만
당신은 씽긋도 하지 않는다
어쩔 수 없는 일
이제 앞으로
어디까지 더 갈 수 있을는지요

갈 수 있는 데까지

가다 가다가 넘어져도 싸리 핀 들녘

　윤동주 시인에 대한 깊은 애정과 일본인으로서의 미
안함이 잘 느껴지지요? 뒤늦게 이해하려 애쓰지만 피해
자의 마음과 슬픔을 어떻게 헤아릴 수 있겠느냐, 그저 미
안하고 노력할 뿐이라고 겸허하게 고백하고 있어요. 언제
까지 사과해야 하느냐는 일본 우익들의 태도와는 전혀 다
르지요.

　『디아스포라 기행』을 쓴 재일조선인 작가 서경식과
의 인연도 감동적이에요. 1980년대 독재정권 시절에 감옥
에 갇힌 형 서준식에게 이바라기 노리코 시집을 넣어 줬
더니 「유월」이라는 시를 직접 번역까지 할 만큼 좋아했
대요. 그래서 그 사연을 시인에게 보냈는데 편지를 받은
시인이 직접 교토까지 찾아왔더랍니다. 낯선 재일조선인
청년이 일종의 팬레터를 보낸 건데 그걸 받고 위로 겸 격
려 겸 먼 길을 온 걸 보면 참 따스하고 겸손한 사람 같지
요? 하지만 속은 아주 강한, 강단 있는 시인이었어요. 일
흔 셋인가 되던 1999년에 일본의 우경화를 신랄하게 비판
하는 『기대지 말고』라는 시집을 내서 베스트셀러가 됐는

데, 거기 보면 "잘못된 모든 걸 시대 탓으로 돌리지 마라 (……) 자신의 감수성 정도는 자신이 지켜라"라고 일갈하는 시가 있어요. 늙어서도 결기가 있고 긴장을 놓치지 않았지요.

그리고 그 모습 그대로 생애 마지막을 맞습니다. 2006년 2월에 세상을 떴는데 그 무렵 가까운 이들은 편지를 받습니다.

"제가 (2)월 (17)일에 세상을 하직하게 됐습니다. 장례·영결식은 하지 않기로 했습니다. 이 집도 당분간 사람이 살지 않으니 조위금이나 조화 등 아무것도 보내지 말아주세요. '그 사람도 떠났구나' 하고 한순간, 단지 한순간 기억해 주시면 그것으로 충분합니다."

죽기 전에 작별인사를 써 둔 건데, 자신의 시처럼 마지막 순간까지 기대지 않고 떠난 거지요. 끝으로 그의 대표작인 「유월」이라는 시를 볼까요?

유월

어딘가에 아름다운 마을은 없을까
하루 일 끝낸 뒤엔 한 잔의 흑맥주

괭이 세워 두고 바구니 내려놓고
남자도 여자도 커다란 맥주잔 기울이는

어딘가에 아름다운 거리는 없을까
먹음직한 과일이 열린 가로수들
끝없이 이어지고 노을 짙은 해질녘
젊은이들 다정한 속삭임이 넘쳐흐르는

어딘가에 아름다운 사람과 사람의 힘은 없을까
같은 시대를 함께 살아가는
친근함과 우스움 그리고 분노가
날카로운 힘이 되어 불쑥 솟아나는

　　이 시는 일본의 중학교 2학년 교과서에도 실렸는데
어느 날 한 중학생이 편지를 보냈대요. 우리 반에서 토론
을 했는데 이건 작가가 외국에서 일본을 생각하며 쓴 것
일 거다, 유월은 장마철인데 이 시는 활짝 갠 것처럼 산뜻
해서 이상하다, 제목과 내용이 무슨 관계인지 모르겠다,
이것은 도시인이 생각하는 농촌일 뿐이다 등 여러 가지
의견이 나와서 결론이 안 났다, 작가의 대답을 듣고 싶다

는 편지였지요. 시인은 긴 답장을 썼습니다.

"시란 각자 어떤 식으로 읽어도 좋다. 일본 밖을 나가 본 적은 없지만 외국에서 쓴 시라고 읽어도 상관없다. 유월은 내가 태어난 달이고 시를 쓴 때이기도 해서 깊이 생각하지 않고 붙인 제목이다. 사방에 콘크리트뿐인 동네에 살면서 흙도 나무도 보기 힘들어 땅 위의 물고기가 애타게 물을 찾듯이 써 내려간 시다."

이렇게 자신의 창작 의도를 친절하게 설명했지만 이바라기 노리코는 학생을 납득시킬 수 있다고는 생각지 않았대요. 오히려 작가가 꼭 좋은 해설자는 아님을 절감했답니다. 그 말이 맞긴 해요. 하지만 어린 학생의 질문에 최선을 다해 답하는 작가의 모습은 그 자체로 학생들에게 좋은 자극이고 가르침이 되지 않았을까 싶어요. 서경식의 일화도 그렇고, 이런 일들을 보면 이바라기 노리코야말로 아름다운 사람들의 연대를 꿈꾸고 그러기 위해 최선을 다했던, 윤동주처럼 시와 삶이 하나였던 참 멋진 시인인 것 같습니다.

시는 시를 낳고

이번엔 시에 다른 시나 시인이 등장하는 좀 더 직접적인 꼬리 물기를 해 볼게요. 제가 좋아하는 김사인 시인의 「다리를 외롭게 하는 사람」이라는 시를 가져왔습니다. 처음 시작이 이래요.

하느님
가령 이런 시는
다시 한번 공들여 옮겨 적는 것만으로
새로 시 한 벌 지은 셈 쳐주실 수 없을까요

그러고는 이성선 시인의 「다리」라는 시를 전부 옮겨 적고 그러고도 모자라서 「별을 보며」라는 시의 첫 부분까지 인용해요.

내 너무 별을 쳐다보아
별들은 더럽혀지지 않았을까

내 너무 하늘을 쳐다보아

저는 이 시를 보고 이렇게도 시를 쓸 수 있구나, 놀랐어요. 시를 고스란히 옮겼는데 남의 시를 베꼈다는 느낌이 들지 않아요. 이성선 시인의 시는 시대로 빛나고, 그 시를 사랑하는 김사인의 뜻은 뜻대로 전해져요. 여러분도 자신이 좋아하는 시나 시인을 소재로 이렇게 시를 써 보세요. 어쩌면 자신의 언어로 쓰는 것보다 더 어려울지도 몰라요. 겸허한 태도는 기본이고 거기에 대상을 비추는 아주 섬세하고 예리한 솜씨가 더해져야 하니까요.

이성선(1941~2001) 시인은 고향인 강원도에 살면서 설악과 자연의 엄정한 아름다움을 노래하는 시를 써서 '설악의 시인'이라 불렸어요. 여러 시인이 그를 기리는 시를 쓴 걸 보면 시만 잘 쓴 게 아니라 인품도 아주 훌륭하셨던 것 같아요. 허형만 시인의 「이성선 시인」이란 시에 이런 구절이 있어요.

그가 세상을 건너간 뒤
세상엔
무엇 하나 건드려진 게 없었다

무엇 하나 상한 게 없었다

　그걸 보니까 자연도 사람도 다치지 않게 조심스럽게 산 분이 아니었을까 싶더라고요. 김사인 시인이 마지막 부분에 인용한 「별을 보며」란 시도 그렇지요. 내가 별을 쳐다봐서 별이 더럽혀지면 어쩌나 걱정하는 마음. 저는 그걸 보면서 윤동주 시인을 떠올렸어요. 하늘을 우러러 한 점 부끄럼이 없기를 바랐던 윤동주와, 행여 내 시선으로 인해 하늘이 더럽혀지지 않았을까 부끄러워하는 이성선이 다르지 않다고 느꼈습니다.

　보세요, 시가 계속 꼬리를 물지요? 김사인에서 이성선으로, 이성선에서 윤동주로. 모두 내가 부끄러운 삶을 살지는 않을까 조심하며 스스로를 다그친 시인들이지요. 「다리를 외롭게 하는 사람」말고도 김사인 시인의 『어린 당나귀 곁에서』라는 시집에 보면 「김태정」, 「박영근」 등 시인을 다룬 시가 여러 편 있어요. 덕분에 시집 한 권이 너덧 권의 또 다른 시집으로 꼬리를 물고 이어집니다.

　짐작하셨겠지만 제가 김사인 시인을 퍽 좋아해요. 20대에 그분의 첫 시집 『밤에 쓰는 편지』를 읽고 그때부터 좋아했어요. 그런데 다음 시집이 안 나오는 거예요. 그 무렵 박노해 시인이 주도하던『노동해방문학』이란 잡지를 보는데 거기 김사인이란 이름이 발행인으로 올라있더라고요. 깜짝 놀랐죠. 반갑기도 하고. 그 일로 이분이 수배 생활을 했어요. 잡지를 내던 그룹이 당시 운동권에선 가장 급진적이랄까 그런 세력이었는데, 김사인 시인은 시를 보면 알 수 있지만 정말 과묵하고 예민하고 전혀 과격하지 않은 사람이거든요. 그러니까 그가 이런 활동을 한 건 자신이 꿈꾸는 아름다운 세상을 만들기 위한 헌신이었던 거죠. 말만이 아니라 행동으로 아름다움을 추구한 거고 그래서 더 신뢰가 갔지요.

아무튼 이분이 오랫동안 시집을 안 냈는데, 나중에 알고 보니 수배 중에 시 원고를 잃어버렸대요. 그러다가 19년 만에『가만히 좋아하는』(2006)이 나왔어요. 얼른 샀죠. 역시나! 첫 시집이 좋았다가 다음엔 실망하는 경우가 적지 않은데 김사인 시인의 두 번째 시집은 더 좋더라고요. 더 깊고 정제된 언어를 보는 순간 오랜 침묵이 이해가 됐어요. 그러고 9년쯤 지나서 세 번째 시집『어린 당나귀 곁에서』(2015)가 나왔는데 처음엔 '어라? 너무 빠른 거 아닌가' 했어요. 객관적으론 빠른 게 아니지만 19년과 비교하니 왠지 다작처럼 느껴졌지요. 하지만 책을 보고 바로 수긍했습니다. 오히려 이 많은 시를 가슴에 담고 그 오랜 세월을 어찌 견뎠나 싶더군요.

특히 거기 실린 「김태정」이란 시 덕분에 김태정(1963 ~2011)이란 시인을 새로 알게 된 것이 제겐 큰 기쁨이었습니다. 시를 보고 바로 그 시인이 남긴 유일한 시집 『물푸레나무를 생각하는 저녁』을 읽었는데 과연 맑고 깊고 슬프고, 참 좋더군요. 김사인 시인 덕분에 이성선, 김태정처럼 귀한 시인들을 만났고 그들 덕분에 제 자신을 돌아볼 수 있었으니 이런 꼬리 물기가 좀 더 자주 일어나길 바랄 뿐입니다.

이렇게 직접적으로 시에서 시로 시인에서 시인으로 이어지는 경우도 있지만, 이보다 암암리에 은밀하게 꼬리 물기가 일어나는 경우도 많습니다. 대표적인 것이 로버트 프로스트와 올라브 하우게예요. 프로스트(1874~1963)는 미국인이 가장 사랑하는, 요즘 유행하는 말로 국민시인입니다. 한국인이 가장 좋아하는 외국 시가 이 사람의 「가지 않은 길」이라고 하니까, 미국인만이 아니라 전 세계인의 사랑을 받는 시인이지요. 이 분 시는 따스하면서도 쓸쓸하고, 쉬우면서도 깊고, 슬프면서도 위트가 있어요. 사랑하는 아내와 자식들을 먼저 보내고 살아남은 딸은 정신병원에 있는, 참 가슴 아픈 인생을 살았거든요. 그런데 자기연민에 사로잡히거나 그러지 않고, 「자작나무」라는 시를 보면 "이 세상은 사랑하기에 좋은 곳"이라고 해요. 고통을 감수하면서 승화시키는 놀라운 정신세계를 보여 줘서 독자를 감동시키고 '나도 열심히 잘 살아야겠다'는 마음을 갖게 해요.

그런 점에서 노르웨이 시인인 올라브 하우게(1908~1994)도 비슷해요. 하우게도 어려서 가족의 죽음을 겪고 오래 정신병을 앓다가 정신병원에서 외국어를 독학하고 시를 쓰기 시작했대요. 그래선지 시가 쓸쓸하면서도 사람의 마음을 위로하는 따스함이 전해져요. 외국 시들은 정서가 좀 다르달까, 공감하기 어려운 경우가 많은데 프로스트나 하우게는 한국 사람도 쉬 공감할 수 있어서 많이들 좋아합니다. 저도 그런 사람 중 하나여서 두 사람 시집을 자주 봅니다.

그런데 하우게 시집을 보고 있자니 프로스트가 자꾸 떠오르더라고요. 「비 오는 날 늙은 참나무 아래 서서 」는 「눈 내리는 저녁 숲가에 서서 」를, 「긴 낮」은 프로스트의 「풀베기」란 시를 연상시키는 거예요. 시에 담긴 내용은 다르지만 어쩐지 하우게가 프로스트의 시상을 이어받아가만히 말을 거는 듯한 느낌이 들더군요. 저만 그런 게 아니라 하우게 시가 미국이나 우리나라에 소개됐을 때 많은 비평가들이 둘의 친연성을 지적한 걸 보면 사람들 생각은 다 비슷한 것 같아요. 하우게는 또 다른 미국 시인 에밀리 디킨슨도 퍽 좋아해서 그에 관한 시를 쓰기도 했답니다. 그러니 여러분도 여기 소개한 시인들 시를 죽 읽으면서 거기서 또 다른 시인으로 꼬리에 꼬리를 물고 읽어 보세요. 시 읽기의 또 다른 재미를 느낄 수 있을 겁니다.

5

역사로
시
읽기

궁핍한 시대에 시인은 왜 있는가?

이번에는 역사를 주제로 시를 읽어 볼 텐데요, 제목
을 '궁핍한 시대에 시인은 왜 있는가?'라고 붙였습니다.
하이데거가 '시인의 시인'이라고 상찬했던 프리드리히 횔
덜린(1770~1843)의 시 「빵과 포도주」에 나오는 아주 유명
한 시구에서 따왔어요. 횔덜린은 독실한 기독교 집안에서
목사가 되라는 말을 들으며 자랐지만 그걸 거부하고 가정
교사를 하며 시를 썼어요. 프랑스혁명을 지지하고, 전제
군주제에 반대하고, 가정교사 시절 주인집 아내와 금지된
사랑을 했죠. 한마디로 자유를 꿈꾼 이상주의자였는데 결

국 현실의 벽에 부딪혀 미치고 말아요. 서른여섯 살에. 정신병자가 돼서 가족에게 외면당한 시인을 병원 목수였던 치머라는 사람이 자기 집으로 데려가서 돌봤대요. 휠덜린의 『히페리온』이란 작품에 감명을 받아서 무려 36년이나 작가를 보살폈죠. 처음엔 부부가 간병하다 그들이 세상을 뜬 뒤엔 딸이 챙겼다고 하니 대단하지요?

아무튼 이 시인은 자기가 살던 시대를 '궁핍한 시대' 라고 보고 그런 시대에 시인은 왜, 무엇을 위해 사는가 물었어요. 사실 이것은 휠덜린만이 아니라 아주 오래전부터 지금까지 수많은 시인들이 제기한 질문이죠. 시가 가난하고 힘든 삶에 무슨 도움이 되는가? 시가 부박한 세상을 바꿀 수 있는가? 펜은 칼보다 강하다고 하지만 정작 칼이 지배할 때나 돈이 지배할 때 과연 그 말이 사실일까 회의가 들지요. 펜이 뭘 할 수 있나, 이런 시대에 시인의 존재 이유가 뭔가, 묻게 돼요. 요즘은 시들하지만 한국에서 한때 참여시·순수시 논쟁이 뜨거웠던 적이 있는데 그 또한 이 질문에서 비롯했다고 할 수 있습니다.

휠덜린의 이 오래된 질문에 동서고금의 시인들은 두 가지로 답했어요. 하나는 초월. 시대로부터 초월해서, 괴로운 세상을 떠나 초연한 삶을 꿈꾸는 거지요. 다른 하나는 시대를 비판하고 사회에 개입하면서 변화를 꾀하는 거예요. 한시를 예로 든다면, 동아시아 문화에 큰 영향을 미친 「귀거래사」歸去來辭의 도연명(365~427)이 전자를 대표하고, 시로 쓴 역사 즉 '시사'詩史를 썼다고 평가되는 당나라 때 시인 두보(712~770)가 후자의 대표주자죠.

나 돌아가리라

여러분, 무릉도원이라고 아시죠? 유럽에 유토피아가 있다면 동아시아엔 무릉도원이 있는데, 바로 중국 시인 도연명이 「도화원기」라는 글에서 그린 이상향입니다. 도연명은 4세기 때인 중국 동진시대 사람으로 사회적으론 별 볼 일 없는 하급관리였지만 「귀거래사」와 「도화원기」 같은 작품으로 수천 년 동안 중국은 물론 동아시아에 영향을 끼친 문장의 대가예요.

조선시대 세종의 셋째 아들 안평대군이 꿈에 복숭아꽃 만발한 도원을 보고 화가인 안견에게 그리게 했다는 「몽유도원도」 있잖아요? 그 연원이 도연명의 도화원이에요. 안평대군은 글 잘 쓰고 그림 잘 그리고 학식 높고 성격 좋고 게다가 돈까지 많은 당대 최고의 명망가였는데 그 때문에 형인 수양대군의 견제를 받지요. 어려서부터 안평은 학문을 잘해서 인정을 받았지만 수양대군은 그만 못했으니까 열등감도 느꼈을 거예요. 결국 수양이 반정을 일으켜 단종을 내쫓고 왕위에 오르면서 안평을 죽였는데, 그냥 죽이기만 한 게 아니라 안평의 집을 다 무너뜨리고 수많은 글씨며 작품들을 모조리 없앴어요. 혹시 갖고 있다가 발각되면 그 집안은 풍비박산이 났죠. 「몽유도원도」도 결국 일본으로 넘어갔고 우리나라엔 국립중앙박물관에 복사본이 있어요. 그런데 이 그림이 좀 이상해요. 이상향을 그렸다는데 다사롭고 평화로운 느낌보다 삐죽삐죽한 산세며 깊은 골짜기 풍경이 적막하고 쓸쓸한 느낌을 주거든요. 어쩌면 안평은 복잡한 속세를 떠나 사람 없는 곳으로 가고 싶었나 봐요. 도연명의 이상향은 숲속의 아름다운 마을이었는데, 안평이 꿈꾼 이상향은 그보다 더 고립되고 작은 자기만의 세계였던 것 같아요.

　　잠시 얘기가 곁길로 샜네요. 도연명은 「도화원기」와 함께 「귀거래사」라는 또 다른 명작을 남겼는데, 이것은 '사'辭라는 일종의 산문시예요. 도연명이 한 고을의 관리로 있을 때 어떤 감찰관이 인사하러 오라고 한 적이 있대요. 그 소릴 들은 도연명은 내가 쥐꼬리만 한 월급 때문에 그런 소인한테 고개를 숙이겠느냐면서 그냥 벼슬을 그만

뒤 버려요. 그러면서 쓴 게 「귀거래사」예요. 어떤 내용인지 좀 볼까요.

돌아가리라, 전원이 황폐해지는데 어찌 돌아가지 않으리오.

스스로 마음을 육신의 노예로 삼아놓고 어찌 근심하고 홀로 슬퍼만 하리오.

지나간 일 돌이킬 수 없으나 앞으로 올 일은 바르게 좇을 수 있음을 알았네.

실로 길을 잃었으나 아직 멀리 가지는 않았으니, 지금이 옳고 어제가 틀렸음을 알았노라.

배는 흔들흔들 가볍게 나아가고 바람은 한들한들 옷자락 날리는구나.

나그네에게 앞길 묻는데, 새벽빛 희미함이 한스럽도다.

(……)

만물이 때를 얻어 즐거워함을 부러워하며

내 삶도 머지않았음을 느낀다네.

그만두어라,

이 몸을 세상에 의탁할 날이 얼마이랴

가고 머무름이 마음대로 되는 것이 아닐진대

한마디로 이제까지 빵을 좇아 살았지만 앞으로는 그렇게 살지 않겠다, 얼마 남지 않은 인생, 내 뜻대로 살겠다는 거지요. 이때 그의 나이가 마흔하나였는데 제 생각에 중년의 위기가 온 것 같아요. (☺☺) 사춘기 다음으로 무서운 게 갱년기라고 하잖아요? 사실 인생에서 아주 중요한 시기가 갱년기예요. 살아온 인생을 돌아보고 새로운 인생을 시작하는 때니까. 이때를 잘 살면 인생이 달라지고, 예술가는 걸작을 남기죠. 톨스토이도 마흔한 살 때 중년의 위기를 겪고 그때부터 죽음과 생의 의미를 화두로 삼아서 『안나 카레니나』 같은 걸작을 썼고 인생이 바뀌었거든요. 도연명도 그 나이에 「귀거래사」라는 걸작을 썼고요.

시를 보면 거의 이천 년 전에 쓴 건데 지금도 공감이 돼요. "지금이 옳고 어제가 틀렸다"는 구절 보면 『지금은맞고그때는틀리다』는 영화 제목도 떠오르고. 도연명은 복잡한 세상사를 떠나 은둔하고 싶은 사람의 마음을 잘 표현해서 수천 년 동안 후세인들의 공감을 얻었습니다.

세상을 위해 시를 쓰다

도연명보다 삼백 년쯤 뒷사람인 두보는 좀 다릅니다. 불우하기로 말하면 두보가 도연명보다 더하면 더했지 덜하지 않았어요. 가난하고 변변히 벼슬도 못하고, 그러다 마흔 넘어 간신히 말단 관직을 얻었는데 하필 그때 안녹산의 난이 일어나서 고생을 합니다. 굉장히 가정적인 사람인데 일 때문에 가족과 헤어져 지내다 자식까지 잃는 고통도 겪고요. 그런데도 두보는 세상에 나가 뭔가를 해야 한다는 뜻을 잃지 않았습니다. 시를 쓴 것도 세상에 할 말이 있고 보탬이 되기 위해서였어요.

이 점은 이백, 두보와 함께 당나라 3대 시인으로 꼽히는 후배 시인 백거이(772~846)도 비슷합니다. 이 사람은 "나는 글을 위해 글을 쓰지 않고 임금·신하·백성·만물을 위해 글을 짓는다"라고 천명했어요. 시를 쓴 뒤 글 모르는 할머니한테 읽어 주고 어렵다고 하면 다시 쉽게 고쳐 썼다니, 백성을 위해 시를 쓴다고 한 사람답지요.

반면 두보는 시에 임하는 태도는 비슷해도 시를 쓰는 방법론은 사뭇 달랐습니다. 두보는 시를 쓸 때 "시어가 사람을 놀라게 하지 않으면 죽어도 그만두지 않는다"고 했습니다. 그만큼 글자 하나하나에 뜻을 담고 정성을 기울

였지요. 두보 시집을 읽다 보면 기막힌 시구들이 참 많습니다. 대표작 「곡강」曲江은 "꽃잎 한 장 날려도 봄은 줄어들거늘" 하고 시작해요. 정말 놀랍지 않습니까? 봄은 참 짧지요. 그래서 봄비에 복사꽃 벚꽃 잎이 우수수 떨어지면 벌써 봄이 가는구나 싶어 마음이 조마조마한데, 그 마음이 짧은 한 줄 문장에 고스란히 담겨 있어요. 시로 세상을 조금이라도 낫게 만들겠다, 그러기 위해 시어 하나도 허투루 쓰지 않겠다는 뚜렷한 의지가 있었기에 이런 기막힌 표현이 가능했던 게 아닌가 싶습니다. 두보의 또 다른 대표작 「춘망」春望을 함께 읽어 볼까요.

나라는 부서졌으나 산하는 그대로요
성안엔 봄이 왔으나 초목만 무성하네.
시절을 슬퍼하여 꽃도 눈물 흘리고
한 맺힌 이별에 나는 새도 놀라는구나.
봉화불은 석 달이나 계속되고
집에서 온 편지 너무나 소중하여라
흰 머리를 긁으니 자꾸 짧아져
이제는 아무리 애써도 비녀도 못 꽂겠네.

두보가 살던 때가 당나라 현종, 양귀비로 유명한 그 현종 때인데, 안녹산의 난으로 왕실은 도망가고 나라는 쑥대밭이 됩니다. 반란이 8년간 계속돼서 인구의 70퍼센트가 줄었다니까 얼마나 심각했는지 짐작이 가지요? 그런데도 두보는 피난을 가는 대신 오히려 조정이 있는 곳으로 가다가 반란군에 포로로 잡혀서 고생합니다. 하급관리지만 공직자의 책임을 다하는, 어찌 보면 참 고지식한 사람이지요.

이 시는 그때 헤어져 있던 가족에게서 편지를 받고 쓴 거예요. 난리통에 식구들이 무사한지 걱정하다가 편지가 왔으니 참으로 반가웠겠지요. 하지만 한편으론 답답하고 참담했을 거예요. 집에도 나라에도 자신이 할 수 있는 게 아무것도 없었으니까. 「춘망」은 그런 심경을 담은 시인데, 특히 "나라는 망했어도 산하는 그대로"라는 첫 구 '국파산하재'國破山河在는 이후 많은 이들이 원용한 아주 유명한 구절입니다. 세상은 혼란스러운데 자연의 흐름은 어김없는 모습을 보면서, 꽃 피고 새 우는 자연에 자신의 마음을 의탁하는 시인의 탄식이 짧은 시에 고스란히 드러나 있어요.

사랑의 투사, 예이츠

시인이 고통스러운 현실 앞에서 초월이냐 비판이냐, 은둔이냐 참여냐 고민하는 건 어느 나라 어느 시대에나 마찬가지인데, 고민이 같아서인지 표현도 비슷합니다. 윌리엄 버틀러 예이츠(1865~1939)라고, 1923년에 노벨문학상을 받은 아일랜드의 유명한 시인이 있어요. 우리나라에선 「이니스프리의 호수 섬」The Lake Isle of Innisfree이란 시로 잘 알려져 있죠. 네, 화장품 이름으로 유명한 이니스프리! 이 시가 원조예요. 예전에는 '이니스프리의 호도'라고 한자말로 번역해서, 전 어릴 때 '호도'湖島가 뭔가, 호두인가? 그러기도 했어요. (☺☺) 이 시는 많이들 봤겠지만 다시 한번 읽어 볼까요?

나 이제 일어나 가리라, 이니스프리로.
거기 나뭇가지와 진흙으로 조그만 오두막 한 채 짓고,
아홉 이랑의 콩밭과 꿀벌이 살 집을 지어
벌 소리 요란한 숲속에서 홀로 살리라.

거기서 얼마간의 평화를 느끼리, 평화는
아침 장막으로부터 귀뚜라미 노래하는 곳까지 천천히 떨

어지고 있으니,

그곳은 한밤중에도 어렴풋한 빛으로 가득하고,

한낮은 보랏빛으로 빛나며

저녁은 홍방울새 날갯짓으로 가득하네.

나 이제 일어나 가리, 밤이나 낮이나

호숫가에서 나지막이 찰랑대는 물결소리 들려오고 있

으니,

도로 위에서나 회색 포도에서나,

내 가슴속 깊이 그 소리 들리네.

어때요? 처음에 읽은 도연명의 「귀거래사」와 비슷하
죠? 나 돌아가리, 나 일어나 가리 하는 도입부부터 전원
으로 가겠다는 내용까지. 이 시는 예이츠가 스물다섯 살
때쯤 런던 거리를 걷다가 고향이 떠올라 쓴 거래요. 예이
츠는 아일랜드에서 태어났는데 당시 아일랜드는 팔백 년
넘게 영국의 지배를 받으며 게일어라는 고유어도 잃고,
영국에서 온 개신교도와 토착 가톨릭교도와의 종교 갈등
으로 고통을 겪고 있었어요. 영국계 아일랜드인이었던 예
이츠는 완전 독립보다 자치를 지지했지만, 그럼에도 "민

족의식이 없으면 좋은 문학도 없다"며 독립운동에 참여했답니다. 왜냐? 아일랜드 전설과 전통에 깊은 관심을 갖고 있기도 했고, 무엇보다 사랑 때문이었지요.

예이츠는 스물세 살 때 열혈 독립투사였던 모드 곤을 보고 첫눈에 반해서 거의 평생 동안 사랑합니다. 배우였던 모드 곤은 민족정신을 고취시키는 연극운동도 하고 가난한 아일랜드 소작농들이 영국계 지주들에 맞서 싸우는 데도 앞장서고, 독립을 위해서는 무장투쟁도 불사하던 여걸이었어요. 예이츠는 신비주의자였고 무장투쟁도 싫어했지만 모드 곤을 너무 사랑하니까 대놓고 반대를 못했죠. 그러면서 틈만 나면 청혼을 했어요. 하지만 곤은 처음엔 프랑스 장교와 사랑에 빠져서 딸을 낳았고 나중엔 독립투사인 존 맥브라이드와 결혼해서 아들을 낳았어요. 존은 반영투쟁을 하다 처형당했는데, 아무튼 곤은 열정적인 정치가이자 독립투사였고 사랑한 남자들도 다 군인인 걸 보면 시인인 예이츠와는 아주 다른 성격이었던 것 같아요. 그런데도 예이츠는 계속 청혼을 해요. 나중엔 곤의 딸한테까지 청혼을 합니다. (탄성) (☺☺)

놀랍죠! 거의 집착이라고 할 만한 사랑인데, 어찌 보면 예이츠는 곤이 어떤 사람인지 잘 몰랐던 것 같아요. 정치를 포기하고 자기랑 평온하게 살자고 하거든요. 모드 곤은 편안한 삶을 원하는 사람이 아닌데. 다행히 오십 넘어서 자기한테 딱 맞는 여성을 만나 결혼하고 행복하게 살아요. 말년에 예이츠가 아일랜드 자유국의 상원의원이 되자 모드 곤이 몹시 싫어하고 비판해요. 완전한 독립국이 아니라 영국에서 자치권을 얻은 거고, 남북으로 분단된 상태였거든요. 그렇게 서로 입장이 달랐지만 둘은 친구로 남았고, 또 예이츠는 노선은 달라도 계속 투쟁하는 모드 곤에게 존경심을 가졌던 것 같아요. 나중에 예이츠는 해외에서 죽었는데 그 유해를 공항에서 맞은 사람이 독립 아일랜드 공화국의 외무장관이었던 곤의 아들이었어요. 남다른 인연이죠.

모드 곤 이야기는 이 정도 하고 다시 이니스프리로 갑시다. 말씀드렸듯이 이 시를 쓸 때 예이츠는 런던에 있었는데 거리를 걷다가 물소리를 들었대요. 순간 떠나온 고향, 어릴 적에 살던 외가 슬라이고Sligo가 떠올랐지요. 호수가 있고 거기에 작은 섬이 있는 아름다운 곳. 전부터 소로의 『월든』 같은 글을 시로 쓰고 싶어 했던 예이츠는 그때 영감을 얻어 이 시를 썼답니다. 이니스프리는 슬라이고 근처에 있던 호수 섬의 게일어 이름인데, '히스꽃이

피어 있는 섬'이란 뜻이래요. 히스꽃이 진달랫과에 속하는 분홍빛, 보랏빛 꽃이라 시에서 "보랏빛으로 빛난다"고 한 거지요. 이니스프리란 이름이 실제로 쓰이지는 않아서, 예전엔 예이츠가 상상한 이상향 같은 곳이라고도 했어요. 저도 그런 줄 알고 inn is free, 자유로운 곳이란 뜻이구나 하고 제 맘대로 생각하며 뿌듯해했는데 예이츠 연구서를 보니까 아쉽게도(?) 아니더라고요.

물론 이니스프리가 일종의 이상향을 나타내는 건 맞아요. 음울한 회색빛 도시 런던과 대비되는 아름다운 고향, 그곳이 시인이 꿈꾸는 이상향이지요. 시의 마지막 연에, 회색빛 길 위에서도 나는 언제나 고향의 물소리를 듣는다고 하는데, 제국의 심장부에서도 식민지 조국을 잊은 적이 없다는 얘기로도 읽혀요. 그러니까 이 시는 한편으론 복잡한 세상을 벗어나 한적한 전원으로 은둔하고 싶다는 도피 혹은 초월을 노래하지만, 다른 한편으론 제국의 삭막한 회색 도시에서 괴로워하고 있었으나 이제는 일어나 아름다운 조국으로 가겠다는 결의를 노래한 것이라고도 할 수 있어요. 한 편의 시가 동시에 두 개의 전혀 다른 길을 보여 주는 거지요.

시인이 현실을 노래하고 역사에 개입하려는 것도 따

지고 보면 아름답고 평화로운 이상향 같은 곳에서 살고 싶은 소망에서 비롯된 거잖아요. 그러니까 암담한 현실을 벗어나 새로운 세계로의 초월을 꿈꾸는 건 참여시인만이 아니라 모든 사람의 오랜 소망이라 할 수 있습니다.

시로 보는 한국 현대사

이렇게 동서고금의 시들을 죽 읽다 보면 시란 결국 현실에 대한 대응이고, 모든 시인이 나름의 방식으로 '궁핍한 시대에 무엇을 할까?'라는 질문에 대답한다는 걸 알 수 있어요. 그런 점에서 참여시/순수시라는 구분은 좀 이상합니다. 사람의 삶이 현실 사회를 떠날 수가 없는데 그 삶에서 나온 예술이나 시가 어떻게 사회를 담지 않을 수 있겠어요? 담는 방법이나 담기는 내용은 다를 수 있지만 현실과 분리된 '순수'라는 건 있을 수가 없지요.

김소월, 시대를 앓다

가령 순수시의 대명사처럼 여겨지는 김소월(1902~1934)만 해도 알고 보면 민족의식이 아주 투철한 시인이었습니다. 시집 『진달래꽃』에도 「바라건대는 우리에게 우리의 보습 대일 땅이 있었더면」이라는 당시의 아픈 현실을 노래한 시가 있고, 1977년에 미발표 작품들이 대거 발견됐는데 거기엔 조국과 민족의 고통을 쓴 시들이 아주 많이 있었습니다. 시인의 아버지는 일본인들에게 맞아서 정신병자가 되셨다고 해요. 그러니까 시인의 삶 자체가 일제 때문에 큰 고통을 겪기도 했고, 또 일본대학에서 경제학을 전공했을 만큼 이지적이고 현실적인 사람이었다고 하니 놀랄 일도 아니지요.

그의 죽음에 대해서도 예전엔 뇌출혈이라거나 관절염의 고통을 견디려 아편을 먹다 과다복용으로 죽었다고 했는데, 최근에는 농촌에서 민족의식을 고취시키려 애쓰다가 일제의 탄압에 절망해서 자살했다는 설이 힘을 얻고 있어요. 정확한 사인은 알 수 없지만, 죽기 전에 김소월은 『동아일보』 지국장을 하면서 농민들과 함께 일했는데 툭하면 일본경찰이 불러다 괴롭혔다고 해요. 민족교육의 산실인 오산학교에서 안창호와 조만식을 사사한 이 젊은 시인이 그때마다 얼마나 좌절하고 힘들었겠어요. 이런 점들을 생각하며 그의 시를 읽으면 시어 하나하나가 더 큰 의미로 다가오고 참으로 여러 겹을 지닌 잘 쓴 시구나, 새삼 깨닫게 돼요.

한 가지 재미난 건, 「진달래꽃」이란 시가 우리가 앞서 봤던 예이츠랑 연결이 됩니다. 예이츠가 모드 곤을 사랑해서 쓴 시 중에 「그는 하늘의 옷감을 바라노라」라는 시가 있어요. 마지막 부분만 조금 볼까요?

하지만 나 가난하여, 오로지 가진 것 꿈뿐이라
그대 발밑에 내 꿈을 깔아 드리니
사뿐히 밟으라, 그대 내 꿈을 밟는 것이니.

「진달래꽃」이랑 비슷하죠? 내 꿈을 사뿐히 밟으라는 시구가 「진달래꽃」의 "사뿐히 즈려밟고 가시옵소서"를 떠올리게 하잖아요. 예이츠의 시를 김소월의 스승인 김억이 번역해서 소개했거든요. 아마 김소월이 그걸 보고 영향을 받았겠지요. 시의 정서나 전체 분위기, 이런 건 전혀 다르니까 표절은 아니고 자기 식으로 승화시켰다고 할 수 있죠. 김소월을 민요시인 식으로만 여기면 마치 당대 세계시의 흐름은 모르는 옛날 시인처럼 생각하기 쉬운데 전혀 아니란 걸 알 수 있습니다. 이제까지 너무 민요시니 순수시니 하는 카테고리에 그를 묶어 놓았단 생각이 들어요.

바람에 맞선 윤동주

윤동주 역시 아름답고 애절한 서정시를 쓴 시인으로 알려져 있었죠. 착하고 잘생긴 청년이 운 나쁘게 일제에 끌려가 비극적인 죽음을 맞았다고. 그래서 더 안타깝고 불쌍하게 여겼고 일종의 희생양으로 이해돼 왔습니다. 그러다 『윤동주 평전』과 그걸 바탕으로 만들어진 영화 『동주』를 통해서, 이 사람이 아무것도 모르고 당한 순진한 희생양이 아니라 그 자신이 어떻게 하면 일본제국주의에 맞서 싸울까, 어떻게 치욕의 역사를 바꿀까 적극적으로 고민했다는 것을 알게 됐지요.

당시 역사와 윤동주의 시작詩作을 연결 지어 보면 이 시인이 얼마나 현실에 민감했는지 금방 알 수 있어요.

1939년 9월 제2차 세계대전 발발, 국민징용령 1939년 11월 창씨개명령	1939년 9월 「자화상」
1940년 2월 창씨개명실시 1940년 8월 『동아일보』· 『조선일보』 폐간	1940년 12월까지 절필 1940년 12월 「위로」, 「팔복」, 「병원」

1941년 3월 조선어 교육 전면 금지, 조선사상범예방구금령 공포, 학도정신대 조직	1941년 2월부터 「무서운 시간」, 「별 헤는 밤」, 「서시」 등 16편 창작
1941년 12월 미일전쟁 (태평양전쟁)	1942년 1월 24일 「참회록」 닷새 뒤 창씨개명, 유학

연표를 보면 일제가 중일전쟁에서 태평양전쟁으로 전선을 확대하고 그와 함께 식민지 조선에 대한 탄압을 강화하면서 윤동주의 고민이 깊어진 걸 알 수 있습니다. 국민징용령이 내려지고 전시체제가 되면서 윤동주는 거의 일 년 동안 시를 안 써요. 이런 궁핍한 시대에, 전쟁이 일어나고 사람들이 끌려가는 시대에 도대체 시인이 왜 사는가, 시를 쓰는 게 무슨 의미가 있는가, 고민이 깊었겠죠. 그러다 조선인이 조선어로 말하는 것 자체가 어려워지는 시기에 다시 시를 쓰기 시작해요. 그의 대표작들이 이때 쏟아져 나왔죠. 한국인이 애송하는 「서시」序詩를 쓴 게 1941년 11월 20일이니까, 조선 여성들이 일본군 성노예로 끌려가고 조선인이 일본군의 총알받이로 내몰리던 시기에 시를 쓴 겁니다. 한번 읽어 볼까요.

서시

죽는 날까지 하늘을 우러러
한 점 부끄럼이 없기를
잎새에 이는 바람에도
나는 괴로워했다.
별을 노래하는 마음으로
모든 죽어 가는 것을 사랑해야지
그리고 나한테 주어진 길을
걸어가야겠다.

오늘밤에도 별이 바람에 스치운다.

언뜻 보면 쉬운데 자세히 보면 쉽지 않은 시예요. 예를 들어 '부끄럼이 없기를' 기도하다가 갑자기 왜 '바람에도 괴로워하나' 싶고, 1연으로 끝내도 충분할 것 같은데 "오늘밤에도 별이 바람에 스치운다"고 2연을 따로 쓴 것도 쉬 이해가 안 돼요. 여러분은 어떠세요? 저는 감이 안 잡혀서 읽고 또 읽고, 그렇게 한참 지나서야 시인이 거쳐온 고민의 과정이 느껴지고 그 고민 끝에 다다른 결의가 보이더라고요. 부당한 현실에 의해 죽어 가는 것들을 사랑하겠다, 그리고 나한테 오는 죽음도 피하지 않겠다는 고통스러운 다짐을 하기까지 이 사람이 얼마나 괴로웠을까, 비로소 조금 알 것 같았습니다.

그런데 시인은 이 다짐으로 끝내질 않지요. "오늘밤에도 별이 바람에 스치운다"고 해요. 다짐은 마음의 일이 잖아요. 마음을 먹었다고 세상에 나가 맞서기가 쉬운 건 아니지요. 윤동주 시인은 삶이 그렇게 단순명쾌하지 않다는 걸 알아요. 끝없이 바람이 불어 다짐을 위태롭게 하는 게 현실이란 걸 알죠. 그래서 오늘밤에도 바람이 분다고 씁니다. 그런데 왜 '바람이 별을 스친다'고 하지 않고 '별이 바람에 스치운다'고 썼을까요? 문법적으론 바람을 주어로 해야 자연스러운데 굳이 '별'을 주어로 삼아서 쓴 이유, 네, 그래요. 자기가, 조선인이 주체니까. 시인은 자신을 흔들고 조국을 흔드는 바람을, 죽음을 부르는 바람을 온몸으로 느끼면서 시를 써요. 그리고 제목을 '서시'라고 해요. 어떻게 살아야 하나, 시를 써도 되나 오래 고민하다가, 죽어 가는 이 땅의 사람들과 함께 죽기를 각오하면서 다시 시 쓰기를 시작한 마음이 제목에 담겨 있어요.

궁핍한 시대에 시인은 어떻게 사는가? 이 질문에 윤

동주는 궁핍한 시대를 온몸으로 겪는 사람들과 함께하며 그들의 입이 되어 노래하는 것이 시인이라고 답했고 그렇게 살았어요. 「서시」의 감동은 현실에 철저히 응답하는 시인의 삶에서 나온 거죠. 현실을 떠난 순수가 아니라 현실과 하나 된 삶이 이런 절창을 낳은 거지요.

김수영, 자유를 노래하다

윤동주가 식민의 역사를 보여 준다면 해방 이후 한국 현대사를 말할 때 **빼놓을** 수 없는 시인이 김수영(1921~1968)입니다. 1945년 해방과 함께 작품 활동을 시작했는데, 특히 1960년대 4·19혁명과 5·16쿠데타를 겪으면서 인간을 억압하는 권위, 국가, 자본, 이념 등에 맞서 시종일관 자유를 추구한 시인으로 유명해요. 자유를 억누르는 정치제도만이 아니라 그런 제도 아래서 두려워하는 자신의 타협적인 내면에 대해서도 비판의 날을 세웠죠. 시인이지만 비평가로도 일가를 이뤘고, 문학자만이 아니라 철학, 사회학, 역사학 하는 사람들도 연구를 많이 해서 그에 관한 연구서들이 참 많아요. 그만큼 한국 현대사에 **빼놓**을 수 없는 시인이고 지식인이죠.

저는 김수영의 『거대한 뿌리』라는 시집을 열일고여

덟 살 때 처음 봤는데 너무 어려웠어요. 그래도 어른들이 대단한 시라고 하니까 왠지 멋져 보이고 그런 어려운 시를 읽는다는 것에 스스로 으쓱해서 계속 읽었지요. 또 시는 어렵지만 그 속에 멋진 문장이 하나씩 있어서 거기에 반해 읽기도 했고요. 그중 하나가 "풍자가 아니면 해탈이다"라는 문장이에요. 멋지지 않아요? 대답이 없는 걸 보니 저만 반했나 봐요. (☺☺) 이게 「누이야 장하고나!」라는 시에 나오는 문장인데 전 첫눈에 반했어요. 뭔 말인지 알아서가 아니라 그냥. 원래 사람도 잘 몰라야 반하잖아요. 도대체 어떤 시인지 궁금하지요? 같이 읽어 봅시다.

누이야 장하고나!

누이야
풍자諷刺가 아니면 해탈解脫이다
너는 이 말의 뜻을 아느냐
너의 방에 걸어 놓은 오빠의 사진寫眞
나에게는 「동생의 사진」을 보고도
나는 몇 번이고 그의 진혼가鎭魂歌를 피해 왔다
(……)

십년이란 한 사람이 준 상처傷處를 다스리기에는 너무나
짧은 세월歲月이다

누이야
풍자가 아니면 해탈이다
네가 그렇고
내가 그렇고
네가 아니면 내가 그렇다
(……)

「누이야 장하고나!」
나는 쾌활한 마음으로 말할 수 있다
이 광대한 여름날의 착잡한 숲속에
홀로 서서
나는 돌풍突風처럼 너한테 말할 수 있다
모든 산봉우리를 걸쳐온 돌풍처럼
당돌하고 시원하게
도회都會에서 달아나온 나는 말할 수 있다
「누이야 장하고나!」

이 시의 부제는 '신귀거래新歸去來 7'이에요. 김수영은 1961년 6월 3일부터 8월 25일까지 두 달 남짓 동안 '신귀거래' 연작시 아홉 편을 썼는데 「누이야 장하고나!」는 8월 5일에 쓴 일곱 번째 시예요. '귀거래'는 앞서 봤죠? 도연명의 「귀거래사」. 그러니까 신귀거래는 새로 쓴 귀거래사란 거죠.

이걸 쓸 때가 어떤 시기인지 생각해 보세요. 1961년 5월 16일에 군사쿠데타가 일어났으니까 그 직후예요. 그 얼마 전 4·19혁명이 일어났을 때 김수영은 희망에 부풀었죠. 이제야말로 자유롭고 민주적인 사회가 되겠구나. 그런데 민주주의를 제대로 해 보기도 전에 쿠데타가 일어난 거예요. 다시 독재가, 그것도 군부독재가 시작됐으니 시인의 마음이 어떻겠어요? 여러분이라면 어땠을 것 같아요?

상상을 돕기 위해 잠깐 한국사 공부 좀 할까요. 갑자기 표정들이 굳으시네요. (☺☺) 여러분, 홍경래의 난(1811), 임술민란(1862), 이런 말 들어보셨죠? 조선왕조가 망하기 전에, 19세기 들어서 전국에서 민란이 일어나요. 도저히 못 살겠다고, 농민들이 쟁기를 무기 삼아 들고 일어나서 관청을 습격하고 탐관오리들과 양반 지주들을 죽여요. 왕실과 양반들에 대한 분노가 하늘을 찌르죠. 그때는 산발적으로 여기저기서 일어나는 바람에 실패하지만, 몇 십 년 뒤 훨씬 조직적으로 대규모로 일어난 것이 바로 동학혁명(1894)입니다. 썩어 빠진 왕실과 지배층, 호시탐탐 나라를 노리는 외세에 맞서서 새로운 세상을 만들어 보자고 백성들이 직접 일어선 거예요. 동학에선 사람이 곧 하늘이라고 했죠. 신분이나 계급 차별이 없는, 모든 사람이, 여성도 아이도 모두가 똑같은 사람으로 대접받는 세상을 꿈꿨어요. 그리고 외세로부터 자유로운 독립국을 이루고자 했지요.

그러자 조선왕조가 어떻게 했나요? 외세인 청나라를 끌어들였고 그 틈에 일본군까지 들어와서 청일전쟁이 일어났죠. 우리 땅에서 외국 군대가 저희끼리 전쟁을 벌인 거예요. 결국 동학군은 물론 한반도 전체가 외세에 의해 초토화되고 조선은 식민지가 됐죠. 그리고 1919년에 3·1 운동이 일어나요. 계기는 고종의 죽음인데 그 결과로 세워진 임시정부는 왕정이 아니라 공화정이에요. 상하이, 블라디보스토크, 한성, 세 군데 임정이 들어섰는데 다 똑같이 민주공화정을 택해요. 왕실 복원이 아니라 백성이 주인이 되는 민주적인 나라를 세우자는 오랜 염원이 있었으니까요. 그러니 해방이 됐을 때 사람들이 어떤 나라를 바랐겠어요? 당연히 자유롭고 평등한 민주공화국이죠. 이전까지 외세를 등에 업고 권력을 휘두른 양반이나 친일파 같은 지배층은 싹 배제하고 민권이 보장된 나라를 원했죠. 그런데 또 외세가 개입하고 분단이 되고 전쟁이 일어나고 독재가 이루어져요. 자유, 통일, 민주, 이런 꿈이 다시 사라져요. 그러다 4·19혁명으로 남한에서나마 꿈을 이루려는데 쿠데타가 일어난 거예요.

김수영은 절망합니다. 서구 모더니즘의 세례를 받은 사람으로 서구처럼 자유롭고 민주적인 사회를 바랐는데 다시 총칼이 지배하는 일제 식민지 같은 시대로 돌아갔으니 얼마나 참담했겠어요. 그래서 쓴 게 '신귀거래' 연작이에요. 암울한 현실을 떠나 은둔하고 싶은 마음이 귀거래라는 시로 나타난 거죠.

풍자와 해탈 사이에서

이 시에서 시인은 '풍자가 아니면 해탈'이라고 해요. 풍자가 현실을 비판하는 거라면 해탈은 현실로부터 초월하는 거죠. 우리가 봤듯이 궁핍한 시대, 엄혹한 시대에 갈 길은 둘 중 하나예요. 풍자가 아니면 해탈!

시인은 동생의 사진을 걸어 놓은 누이를 보며 넌 참 장하다고 감탄해요. 사진 속의 동생은 김수영의 넷째 동생이라고 해요. 김수영은 팔남매 중 장남인데 셋째 동생은 대한청년단이라는 우익단체에 몸담았고 넷째는 의용군에 입대한 좌익이었다고 해요. 한 형제지만 이념이 달랐던 거죠. 사실 가족이라고 해서 생각이 다 똑같은 건 아닌데, 자유롭고 평화로운 사회라면 상관없어요. 그렇죠? 가족끼리 지지하는 정당이 다르면 선거 때나 명절 때 입씨름이나 하고 가끔 다투긴 하겠지만 그뿐이죠. 하지만 전시나 독재 치하에선 달라요. 그냥 생각이 다르고 입장이 다른 게 아니라 그것 때문에 목숨이 왔다 갔다 하고 온 집안이 망할 수도 있어요. 조선시대에 이단으로 몰리면 멸문지화를 당하듯이. 사상 때문에 한 사람의 목숨만이 아니라 온 집안의 운명이 좌우되는 것, 바로 그게 자유가 있는 사회와 없는 사회의 차이죠.

김수영은 의용대에 끌려갔다가 탈출해서 거제수용소에서 미군 통역사로 일한 사람이에요. 이념적으로 따지면 자유주의자고 이승만이나 박정희의 독재에 반대한 만큼 김일성의 독재도 못 견디는 사람이죠. 그는 자유에는 '이만하면'이 없다고 했어요. '이만하면 자유롭다'고 자유에 한계를 인정하는 건 이미 자유가 아니란 거예요. 내 생각을 마음껏 얘기할 수 있는 절대적인 자유, 그게 아니면 안 된다, 그게 자유다, 라고 했어요. 우리가 서구 선진국을 부러워하는 것도 그래서지요. 비판의 자유가 있는 것, 그게 그 나라들의 힘이라고 인정하잖아요.

김수영은 그런 사회를 바랐지만 현실은 아닌 거예요. 좌익이었다가 실종된 동생을 맘 편히 조문하거나 그리워할 수가 없어요. 간신히 지켜 온 집안의 평화와 안위가 동생 때문에 위태로워질 수도 있으니 그를 생각하면 착잡해요. 집안의 장남으로서 인정할 수도 안 할 수도 없는 복잡한 심경인 거예요. 그런데 여동생은 아무렇지 않게 사진을 걸어 두고 있어요. 김수영 입장에선 해탈한 것 같은 그 모습이 부럽고, 할 수만 있다면 자신도 복잡한 세상사로부터 해탈하고 싶어요. 그러나 도회를 벗어나 숲속으로 도망쳐도 그 숲은 '착잡'하고, 그는 여전히 고민해요. 이 현실을 벗어나 초월할 것이냐 현실을 조롱하고 비판할 것이냐, 시인으로서 나는 어떤 삶을 살 것이냐, 어떤 시를 쓸 것이냐.

김수영은 이 고민을 계속해요. 그 과정에서 연작시 「꽃잎」을 쓰고 평론 「시여, 침을 뱉어라」를 발표해요. 세

편의 「꽃잎」이 변화의 시작을 보여 준다면, 1968년 4월에 쓴 「시여, 침을 뱉어라」는 그 고민 끝에 다다른 결의를 보여 줘요. 문학사에 남는 이 시론에서 그는 이렇게 말합니다.

> 시작詩作은 '머리'로 하는 것이 아니고 '심장'으로 하는 것도 아니고 '몸'으로 하는 것이다. '온몸'으로 밀고 나가는 것이다. (……) 이 시론도 이제 온몸으로 밀고나갈 수 있는 순간에 와 있다. 시도 시인도 시작하는 것이다. 나도 여러분도 시작하는 것이다. 자유의 과잉을, 혼돈을 시작하는 것이다. 아무도 하지 못한 말을 시작하는 것이다.

그러고서 쓴 것이 저 유명한 「풀」입니다. 새로운 시작이 담긴 시이지요. 사실 저는 예전엔 이 시가 왜 좋다는 건지 이해를 못했어요. 바람이 불고 풀이 눕고, 너무 뻔한 얘기 같은데 왜들 걸작이라고 하나, 김수영이 도대체 왜 이런 시를 썼나, 이해가 안 됐어요. 그러다 몇 년 전에야 좀 알 것 같았는데, 새삼 마음이 아프더라고요. 김수영이 이 시를 쓰고 얼마 안 돼서 교통사고로 죽었거든요. 제가 매일 지나다니던 우리 동네 찻길에서. 지금 광흥창역 있는 그 동넨데, 좀 다른 얘기지만 거기에 김수영 기념관이 없는 건 참 서운한 일이에요. 그 동네가 낳은 최고의 시인인데 아무것도 없다니……. 대신 도봉구에 김수영 문학관이 생겼죠. 거기 본가도 있었고 인연이 있긴 하지만 그래도 김수영이 가장 활발히 활동했고 죽음을 맞았던 서강이 이런 인물을 잊고 있다니요.

아무튼 「꽃잎」에서 「풀」로 이어지는 후기작들을 보면서, 마침내 시인이 새로운 세계를 열기 시작했는데 바로 그 순간에 죽었다는 게 너무 안타까웠습니다. 김수영이 그렇게 홀연히 가지 않았다면 우리 시는 얼마나 큰 세계를 보았겠는가 싶고, 우리가 소월, 동주, 육사, 수영 등 그 많은 뛰어난 세계를 그토록 속절없이 잃어 온 것이 참으로 애통했어요. 아직도 우리는 그들의 세계에 충분히 닿지 못했거든요. 우리의 시 문학은 그들을 잃으면서 잃어버린 것들을 아직까지 회복하지 못했어요. 우리 사회가 식민과 분단과 독재로 잃어버린 것들을 아직도 회복하지 못한 것처럼 시 또한 그래요. 우리의 역사, 우리의 시는 아직도 갈 길이 멉니다.

시가 무슨 힘이 있나요?

궁핍한 시대에 참여와 은둔, 풍자와 해탈 사이에서 고민하는 건 시인들만이 아니에요. 시를 못 쓰는 저 같은 사람도 꿈을 배반당하고 현실의 벽에 부딪힐 때마다 고민합니다. 맞서 싸워야 하나, 타협해야 하나, 아니면 속세를 떠나 도를 닦아야 하나. 그중 한 길을 택해 초지일관하는 사람도 있지만 많은 사람들은 평생 흔들리며 고민하면서 살지요. 어느 쪽이 옳은가, 어느 길로 가야 하나?

사실 세상이 잘못됐으면 바로잡기 위해 나서는 게 맞지요. 하지만 그렇게 잘 못합니다. 용기가 없어서기도 하고, 과연 가능할까 의심스럽기도 해서. 나 하나 찍 소리를 낸다고 세상이 바뀌겠어 하는 의구심이 체념을 낳고 절망을 키워요. 시인도 마찬가지입니다. 시를 쓴다고 뭐가 달라지겠나, 시가 무슨 힘이 있나, 세상이 미쳐 돌아가는데 시 한 편 쓰는 게 무슨 소용이 있나 회의가 생기죠. 이번에는 그런 질문에 답하려 애쓴 시들을 살펴볼게요.

한 우정의 역사, 브레히트와 베냐민

먼저 만나볼 사람은 베르톨트 브레히트(1898~1956)와 그의 벗이었던 비평가 발터 베냐민(1892~1940)입니다. 브레히트는 「살아남은 자의 슬픔」을 비롯한 많은 시와 「서푼짜리 오페라」 같은 여러 편의 서사극을 쓴 독일의 대표적인 시인이자 극작가입니다. 우리나라에도 좋아하는 사람이 많아서, 「살아남은 자의 슬픔」은 소설 제목으로도 쓰였고, 「사천의 선한 사람들」이란 연극은 국악인 이자람이 「사천가」라는 판소리로 만들어 세계적으로 큰 호평을 받았죠. 브레히트는 마르크스주의자고 공산당원이라 나치가 권력을 잡자 해외로 망명했는데, 그런 와중에도 작품 활동을 게을리하지 않고 시와 연극 모두에서 탁월한 성과를 보여 준 작가입니다.

반면 베냐민은 과거보다 오늘날 더욱 높이 평가받는 철학자고 비평가예요. 요즘 국문학자들이 가장 많이 인용하는 외국 이론가라 하더군요. '아우라'라는 말 아시죠? 그 말이 유명해진 게 베냐민 때문이에요. 이 사람이 『기술복제시대의 예술작품』이란 글에서, 과거엔 하나뿐인 예술품이 갖는 아우라가 중요했지만 사진이나 영화 같은 복제예술이 대세가 된 현대에는 그 의미가 달라졌다고 했어요. 그때부터 아우라라는 말이 유명해졌는데 요새는 주로 연예인한테 쓰는 것 같아요.

아무튼 베냐민은 부유한 유대인 가문 출신이고 공산당원도 아니었어요. 그런데 전혀 달라 보이는 두 사람이 깊은 우정을 나누며 영향을 주고받았답니다. 브레히트의 시에 「노자가 떠나던 길에 도덕경을 써 주게 된 전설」이란 작품이 있는데, 그에 얽힌 이야기를 보면 둘의 우정이 서로에게 얼마나 큰 영향을 주었는지 알 수 있어요. 1939년 나치가 승승장구하던 시절 베냐민은 이 시를 읽고 감명을 받아서 직접 주해를 써 발표해요. 그리고 얼마 뒤 프랑스 수용소에 갇혔을 때는 사람들에게 이 시를 들려주면서 용기를 북돋았지요. 당시 유대인 수감자들은 이 시를 "마법의 부적"처럼 여겼다고 합니다. 도대체 어떤 시인데 그랬을까 궁금하죠? 읽어 봅시다.

1

노자가 나이 칠순이 되어 노쇠해졌을 때
스승은 물러가 쉬고 싶은 생각이 간절했다.
왜냐하면 나라에는 선이 다시 약화되고
악이 다시 득세했기 때문이다.
그래서 그는 신발끈을 매었다.

(……)

4

그런데 나흘째 되던 날 암문에 이르자
세관원 하나가 길을 막았다.
"세금을 매길 귀중품이 없소?" — "없소."
황소를 몰고 가는 동자가 말했다. "이분은 사람들을 가르
치는 분이었어요."
이렇게 모든 설명이 되었다.

5

사내는 들뜬 기분에 다시 물었다.
"이분이 무엇을 가르쳤느냐?"
동자가 말했다. "흘러가는 부드러운 물이
시간이 가면 단단한 돌을 이긴다는 거요.
강한 것이 진다는 것을 아시겠지요?"

6

저무는 햇빛을 놓치지 않으려고
동자는 이제 황소를 몰았다.

그리하여 셋이 검은 소나무를 돌아 사라지려 할 때

갑자기 사내에게 뭔가 떠올라

소리쳤다. "여보시오, 어이! 잠깐 멈추시오!

7

그 물이 어떻게 됐다는 겁니까, 노인장?"

노인이 멈추었다. "그게 흥미가 있소?"

사내가 말했다. "나는 한갓 세관원일 뿐이지만

누가 누구를 이긴다는 것인지, 그것이 흥미를 끕니다.

당신이 그걸 아신다면 말씀해 주시오!

8

내게 그것을 써 주십시오! 이 동자더러 받아쓰게 해 주십
시오!

그런 것을 혼자만 알고 가 버리면 안 됩니다.

저기 우리 집에 종이와 먹이 있습니다.

저녁밥도 있습니다. 나는 저기 삽니다.

자, 이만하면 되겠습니까?"

9

어깨 너머로 노인은 그 사내를
내려다보았다. 누더기 저고리에 맨발.
이마에는 주름살 한 가닥.
노인에게 다가선 그는 어느 모로 보나 승자는 아니었다.
노인은 중얼거렸다. "당신도 흥미도 있다고?"

10

이 겸손한 청을 거절하기에 노인은
너무 늙은 것 같았다.

왜냐하면 그는 큰 소리로 이렇게 말했기 때문이다. "무엇
인가 묻는 사람은 대답을 얻기 마련이지." 동자도 말했다. "벌
써 날씨도 차가와지는데요."

"좋다, 잠깐 머물렀다 가자."

11

그 현인은 타고 있던 황소의 등에서 내려
이레 동안 둘이서 기록했다.
세리는 식사를 갖다주었고 (이 기간 동안은 내내
밀수꾼들에게도 아주 목소리를 낮추어 욕을 했다.)
그리하여 일은 끝났다.

12

어느 날 아침 동자는 세리에게
여든 한 장의 기록을 건네주었다.
약간의 노자에 감사하면서
둘은 소나무를 돌아 암문으로 나아갔다.
말해 보라, 사람이 이보다 더 겸손할 수 있는가?

13

그러나 그 이름이 책에서 유달리 눈에 띄는
현인만 찬양하지는 말자!
왜냐하면 현인으로부터는 지혜를 빼앗아 내야 하는 법.
그러니 그 세리에게도 감사해야 한다.
그가 바로 노자에게 지혜를 달라고 간청했던 것이다.

어렵지 않죠? 제목 그대로 노자가 『도덕경』을 쓰게
된 전설적인 경위를 그린 시입니다. 그런데 수용소에 갇
힌 사람들은 왜 이 시에서 용기를 얻고 희망을 발견했을
까요? 맞아요, 돌 같은 강한 힘이 지배하는 시절에 '부드
러운 물이 단단한 돌을 이긴다'는 지혜에서 희망을 본 거

죠. 그래서 사람들은 이 시를 입에서 입으로 전했고 시는 "들불처럼 퍼져"갔답니다.

시가 무슨 힘이 있겠나 싶지만 역사를 보면 엄혹한 시절에 시 한 편이 사람들에게 희망이 되고 커다란 변혁의 출발점이 된 적이 많아요. 나치수용소에 갇혔던 프리모 레비는 단테의 『신곡』을 외면서 자신이 인간임을 확인하고 살아갈 힘을 얻었다고 했고, 우리나라에서도 독재정권 아래서 김남주, 김지하, 박노해 등의 시가 많은 사람들을 각성시키고 용기를 줬지요. 특히 노동자 시인 박노해의 「손 무덤」이란 시는 노동자들의 고통스러운 삶을 생생하게 그려서 당시 사회에 큰 충격을 줬습니다. 저도 처음 시를 보고, 기계에 잘린 손을 들고 병원으로 가는 내용이 너무 끔찍해서 그냥 덮었던 기억이 있어요. 그만큼 충격이었죠. 당시 이런 시를 통해 현실에 눈 뜬 많은 대학생들이 학교를 떠나 공장이나 농촌으로 '투신'해 사회운동에 참여하기도 했는데, 그러고 보면 시, 나아가 언어란 참 힘이 세다고 할 수 있습니다.

비평은 힘이 세다

다시 브레히트 시 이야기를 하자면, 베냐민이 이 시에서 희망만을 본 건 아니었어요. 그는 망명길을 재촉하던 노자가 걸음을 멈추고 가난한 세관원에게 호의와 친절을 베푼 것에 대해 '인간성의 최소 프로그램'이라고 말해요. 말이 좀 어렵죠? 우선 베냐민은 노자가 친절을 최소한인 듯 베풀었다는 사실을 일깨워요. 또한 베푼 사람과 받은 사람이 일정한 거리를 유지하면서, 베푼 사람은 자신이 친절을 베풀었다는 사실을 바로 잊어버리는 명랑함을 가져야 한다고 강조해요.*

저는 이 시를 예전부터 알고 있었지만 베냐민의 주해를 통해 새롭게 느낀 게 많았습니다. 그 전에는 노자에게만 초점을 맞춰서 읽었거든요. 그런데 베냐민의 주해를 보고 비로소 세관원의 역할을 생각하게 됐어요. 세관원은 노자에게 가르침을 베풀라고 요청하고 노자는 그 요구를 수락하죠. 덕분에 노자는 친절을 베풀 기회를 얻고, 세관원은 이를 통해 지혜를 배우며, 후대의 많은 사람이 두고두고 혜택을 입어요.

보통 '친절'이라고 하면 베푼 사람의 훌륭함, 받은 사

---

* 에르트무트 비치슬라, 『벤야민과 브레히트』(문학동네, 2015) 563쪽 옮긴이 해제 참조.

람의 감사를 주로 얘기하는데, 사실 베푼 사람은 베푸는 순간 이미 자신의 가치를 확인하고 즐거움을 얻잖아요. 그런데 받은 사람의 감사와 보답을 도덕적 당위로 내세우면 오히려 이런 즐거움이 위태로워져요. 받은 사람 입장에선 충분히 감사를 표했다고 생각해도 베푼 사람은 부족하다 여길 수 있고, 그럼 베풀 때 느낀 즐거움마저 사라지죠. 하지만 베냐민이 얘기한 것처럼, 자신의 친절을 최소한이라 생각하면서 베풀고 또 바로 잊어버리면 즐거움은 남고 꺼림함은 사라져요. 오히려 내게 친절을 베풀 기회를 준 사람에게 고마움마저 느낄 겁니다.

이런 점에서 브레히트가 마지막 연에서 한 이야기를 이해할 수 있어요. 노자만이 아니라 세관원에게도 감사해야 한다는 건 어떻게 보면 시를 쓴 자신만이 아니라 이 시를 읽고 용기를 얻은 사람들에게도 고맙다는 얘기죠. 시인은 최선을 다해 시를 쓰지만 최선의 의도가 독자에게 전달되느냐 안 되느냐는 독자에게 달린 거고, 시인은 시인으로서 독자는 독자로서 최소한의 몫을 최선을 다해 하면 인간성은 실현되는 겁니다.

제가 한때는 시를 읽으면서 비평서도 열심히 찾아 읽다가 언젠가부터 '주례사 비평'이라고, 너무 좋은 말만 하는 글들이 많아지면서 한동안 비평을 멀리 했어요. 그런데 브레히트와 베냐민 이야기를 보면서 새삼 비평의 힘을 실감했습니다. 시는 독자가 자유롭게 읽고 해석할 수 있지만 좋은 비평이 있으면 독자는 자신이 보지 못한 것까지 보게 돼요. 베냐민의 경우를 보면 좋은 비평이 시를 얼마나 풍부하게 만드는지 알 수 있지요. 이런 비평가가 있으면 시인들도 참 좋을 겁니다.

하지만 베냐민은 1940년 가을, 미국으로 망명하려고 피레네 산맥을 넘어 스페인 국경까지 갔다가 입국이 보류되자 안타깝게도 자살하고 말아요. 역시 도피 중이었던 브레히트는 거의 일 년 뒤에야 베냐민이 보낸 원고와 함께 죽었단 소식을 듣게 되는데, 그때 추모하는 시를 네 편이나 써요. 그만큼 충격이 컸던 거죠. 왜 아니겠어요? 자신의 지음이 죽었는데. 어두운 현실에서도 희망을 노래했던 브레히트지만 이때는 달랐어요.

미래는 어둠에 싸여 있고, 선량한 힘들은
보잘것없네. 이 모든 것을 자네는 깨달았지*

이렇게 절망감을 토로했습니다. 1942년에 쓴 「살아

---

* 브레히트, 「망명객 W.B.의 자살에 대하여」.

남은 자의 슬픔」이란 시에도 그런 마음이 담겨 있고요. 부드러운 물이 단단한 돌을 이긴다고 해도 아주 오랜 시간이 걸리니까 절망하고 자책하고 회의할 수밖에 없죠. 브레히트 같은 열혈 투사도 그랬는데 우리가 흔들리는 건 당연하지요. 그렇게 생각하면서 견딥시다. 때론 버티는 게 전부일 때도 있으니까.

타이타닉호의 악사

마지막으로 소개할 시인은 지금 여기 우리와 함께하는 이문재 시인입니다. 1988년에 첫 시집 『내 젖은 구두 벗어 해에게 보여줄 때』를 내놨는데 지금도 이걸 인생 시집으로 꼽는 시인들이 많아요. 시인 지망생들의 필독서였고 큰 영향을 끼쳤지요. 그런데 이분이 예전에 시사주간지 기자로 취재부장까지 했더라고요. 김훈이나 고종석처럼 기자 하다가 작가로 변신한 경우 말고도 현역 기자로 활동하면서 열심히 시를 쓴 이들이 꽤 있어요. 「낙화」로 유명한 이형기 시인도 그렇고, 『중앙일보』 기자 하던 기형도 시인은 특히 유명하지요. 유고 시집 한 권 남기고 스물아홉에 갑자기 세상을 뜬 시인인데, 제가 몇 번이나

이 시인 이야기를 하고 싶었지만 못 했어요. 너무 사무쳐서. 이번에 시랑 좀 친해지셨다면 그의 시집 『입 속의 검은 잎』을 꼭 읽어 보세요. 이 시집 한 권으로 기형도는 한국 문학사에 지워지지 않는 이름이 되었으니까요.

아무튼 이문재 시인이 기자였던 걸 알고 저는 좀 놀랐어요. 기자가 이렇게 섬세한 시를 쓰다니 하고. 그런데 몇 해 전 이문재 시인 인터뷰를 보고* 기자정신과 시인정신이 일맥상통한다는 생각을 했습니다. 인터뷰어가 예전엔 서정적인 시를 쓰더니 왜 요즘은 주제의식이 강한 시를 쓰느냐, 문학은 수사(레토릭) 아니냐고 물으니까 이문재 시인이 "왜 문학이 수사고 간접화법이냐?"고 반문해요. 그러면서 인류가 멸망하고 있는 지금, 시인은 타이타닉호의 악사 같은 역할을 해야 한다고 말해요. 지구가 파괴되고 인류가 망할 건 분명한데, 시인이 이 침몰을 막을 수는 없지만 침몰의 순간 서로에게 예의를 갖추도록, 피할 수 없는 죽음을 조금은 견딜 수 있도록 마지막까지 노래하는 존재가 되어야 한다고요.

저도 시인처럼 똑같은 비관을 하고 있던 터라 그 얘길 들으면서 정말 공감했고 글 쓰는 사람으로서 반성도 많이 했어요. 지구온난화를 경고하는 과학자들이 한결같

---

* 김도언, 『세속도시의 시인들』(로고폴리스, 2016).

이 하는 얘기가 대멸종이 시작됐다는 거예요. 대멸종이란 지구상의 생물종 70퍼센트 이상이 한번에 없어지는 건데 먹이사슬의 최상층에 있는 인류는 대멸종에서 당연히 사라지죠. 2050년에서 늦어도 2100년 사이에 인류가 멸종할 거라고 해요. 대멸종을 초래한 종이 인류니까 인류가 멸종되는 건 인과응보라 안타까울 게 없지만 그래도 저는 인간이니까 앞날을 생각하면 걱정돼요. 두렵고 슬프고, 뭘 해야 하나 싶다가 뭘 하는 게 무슨 소용이 있나 막막하기도 하고. 그런데 이문재 시인은 망해 가는 세상을 시인이 바꾸는 건 불가능하다, 하지만 "불가능하기 때문에 그것을 해야 한다"고 말해요. 그러면서 미국의 기독교 아나키스트 애먼 헤나시 이야기를 합니다. 이 사람이 일인시위의 창시자인데, 무슨 일만 생기면 일인 시위를 했대요. 사람들이 "당신 혼자 그런다고 세상이 바뀌겠느냐?"고 했더니 헤나시가 웃으면서 대답했답니다. "맞다. 하지만 이 세계도 나를 바꿀 수 없다."

　　시와 역사의 관계, 시인의 사회적 역할을 생각할 때마다 저는 이 이야기가 떠올라요. 문학은 언제나 부조리한 세계에서 불가능한 꿈을 이야기해 왔고 그래서 사람들은 다른 세계를 떠올리며 희망을 발견하고 힘을 얻었지요. 가능이 아니라 불가능을 꿈꾸는 것, 불가능의 힘을 믿는 것, 그래서 마지막까지 우리가 자기 안의 힘에 눈 뜨고 최선을 향해 나아가게 하는 것, 그것이 시의 힘이 아닐까 싶어요. 그러니까 여러분, 앞으로도 시 열심히 읽고 힘내서 잘 삽시다. 다 잘 살자고 하는 일이잖아요,

긴 강의 듣느라 애쓰셨고, 고맙습니다. 마지막 인사는 이문재 시인의 문장으로 대신하겠습니다.

어떤 경우에도
우리는 한 사람이고
한 세상이다.*

* 이문재, 「어떤 경우」 중에서

독서회 친구가 시집을 좀 추천해 달라고 하는데 한참 대답을
못했습니다. 머릿속에 떠오르는 시집은 많았지만 과연 이
친구가 좋아할까, 자신이 없더군요. 문학적 완성도에 대해선
비평가들이 평가할 수 있지만 좋아하고 싫어하고는 개인의
취향이니 뭐라 말하기 힘듭니다. 제가 좋다고 남들도 좋아하란
법은 없으니까요. 그래서 권하고픈 시집들은 잔뜩 있지만 시집
추천은 안 하기로 했습니다. 대신 시를 즐기고 소양을 쌓으려면
다양한 시를 많이 접해야 하는 건 분명하므로, 여기서는 시에
관심을 갖는 데 도움이 될 만한 책 몇 권을 소개하겠습니다.

가장 먼저 권하고 싶은 건 제인 욜런이 쓰고 낸시 카펜터가 그린
그림책 『나의 삼촌 에밀리』(최인자 옮김, 열린어린이)입니다.
제목의 에밀리는 19세기 미국 시인 에밀리 디킨슨을
가리킵니다. 에밀리 디킨슨은 비밀이 많은 시인입니다.
앞에서도 잠깐 말씀드렸듯이 1,800여 편의 시를 썼지만 거의
발표를 안 했고, 또 평생 독신으로 부모님을 보살피며 살았는데
나중엔 자기 방이 있는 이층을 떠난 적이 없다고 해요. 심지어
서른 즈음부터는 흰 옷만 입었다니 정체가 궁금하지 않나요?
독특한 삶만큼이나 그가 쓴 시도 독특합니다. 이음표 '—'가

많은 그의 시는 아주 함축적이어서 처음 보면 이해하기가 쉽지 않습니다. 『나의 삼촌 에밀리』에서 다루는 「말하라 모든 진실을」이란 시만 해도, 짧지만 무슨 의미일까 오래 궁리하게 되죠. 바로 그 점이 에밀리 디킨슨의 매력이에요. 읽고 또 읽고 행간을 헤아리다 보면 시인의 나직한 말소리가 들리면서 숲 사이로 햇살이 비치고 오솔길이 보이듯 시인이 모습을 드러내거든요. 남다른 삶 때문에 흔히들 수줍고 폐쇄적이고 괴팍한 모습을 떠올리지만 시가 보여 주는 시인은 달라요. 자유롭게 사고하고 깊은 철학을 가진, 그래서 외롭지만 그만큼 당차고 뜨거운 사람입니다. 『나의 삼촌 에밀리』는 어린 조카와의 이야기를 통해 시인의 그런 면모를 참 잘 보여 줍니다. 가슴 먹먹한 감동과 함께 에밀리 디킨슨의 시를 읽고 싶게 만든다는 점에서 제 생각엔 가장 아름다운 디킨슨 입문서 같아요. 만약 이 책을 읽으실 마음이라면 먼저 그의 시집에서 「말하라 모든 진실을」이란 시를 읽고 그다음에 그림책을 보면 좋겠습니다. 한 편의 시가 이렇게 아름다운 이야기로 재탄생하다니, 새삼 감탄하게 될 겁니다. 에밀리 디킨슨 시집은 강은교 시인이 번역한 『고독은 잴 수 없는 것』(민음사)과 윤명옥 교수가 옮긴 『디킨슨 시선』(지식을만드는지식) 등이 있으니 비교하며 봐도 좋겠습니다.

강의할 때 영화, 음악, 미술 등과 연계한 시 읽기를 종종 하는데 이렇게 다양한 매체를 활용해 시를 읽으면 어려운 시도 좀 더

편하게 접할 수 있어 좋습니다. 시를 모티브로 한 소설을 함께
읽는 것도 그런 방법 중 하나지요.

이 책엔 빠졌지만 강의에서 영화 『시』 이야기를 할 때 김용택
시인의 「그 여자네 집」이란 시를 소개하곤 합니다. 「섬진강」
연작과 함께 김용택 시인의 대표작으로 꼽히는 참 아름다운
시지요. 박완서 작가가 이 시를 소재로 「그 여자네 집」이란
단편을 쓰고 몇 해 뒤엔 그것의 남매편이랄까, 『그 남자네
집』(현대문학)이라는 소설도 썼으니 세 작품을 이어 읽으면
남다른 재미가 있을 겁니다. 또 하나, 김수영 시인의 「봄밤」을
모티브로 한 소설가 권여선의 「봄밤」(『안녕, 주정뱅이』, 창비)도
빼놓을 수 없습니다. "애타도록 마음에 서둘지 말라/강물 위에
떨어진 불빛처럼/혁혁한 업적을 바라지 말라"는 김수영의
「봄밤」을, 이미 혁혁한 업적 따위는 바라지도 못하는 늙은
인생을 위한 위로로 변주해 낸 작가의 필력이 놀랍습니다.
김용택, 박완서 작가의 작품은 각각 같은 제목의 시집과
소설집에 실려 있고, 시 「봄밤」은 『김수영 전집1』(이영준 엮음,
민음사)에 수록되어 있습니다. 전집의 경우 2018년 김수영
시인의 50주기를 맞아 개정판이 나왔는데 새로 발굴된 시며
미완성 초고 등이 추가돼 있습니다. 다만 가독성을 위해 한자와
맞춤법 등을 손봤기에 원래 시의 모습을 알려면 시인의 동생
김수명이 편집한 이전 판을 참고하세요.

처음 시를 읽을 때는 시 모음집이나 어렵지 않은 시 해설서가

다양한 시를 접하는 데 도움이 됩니다. 시 모음집은 워낙
많으니까 입맛대로 골라 보시되 가능하면 시의 출전과 시인
소개글 등이 있는 것이 좋겠습니다. 제 경우엔 사랑, 죽음
같은 하나의 주제로 묶은 책들을 즐겨 읽는데, 김경미 등
여성 시인 일곱 명의 사랑시를 모은 『사랑한다 사랑한다
사랑한다』(제삼기획)는 시인들의 시집을 장만한 뒤에도 자주
들춰 보는 시 모음집입니다. 또 요절한 현대 시인 열두 명의
자취를 더듬으며 그들의 삶과 시를 보여 주는 우대식의 『시에
죽고, 시에 살다』(새움)는 요절이란 주제 때문에 더욱 여운이
길었던 책이지요.

그 밖에도 진은영의 『시시하다』(예담), 로저 하우스덴의
『언제나 내 앞에 있었지만 보지 못했던 것들』(21세기북스)
같은 책은 자주 접하지 못한 시인들의 시를 솔직한 감상과
함께 소개해 줘서 좋았고, 최영미의 『시를 읽는 오후』(해냄)는
번역에 따라 시의 느낌이 얼마나 달라지는지 다시 생각해 볼 수
있게 했습니다. 심경호의 『한시의 성좌』(돌베개)처럼 중국 대표
시인들의 삶과 시를 함께 소개하는 책들도 접근하기 쉽지 않은
한시와 가까워지는 데 도움이 되었고요.

시에 관한 해설서나 비평집도 아주 전문적이지만 않으면
시를 이해하는 데 유용합니다. 황현산의 『우물에서 하늘
보기』(삼인)나 신형철의 『슬픔을 공부하는 슬픔』(한겨레출판)
같은 산문집에서는 어렵지 않게 시 비평의 맛을 느낄 수 있지요.
혹시 저처럼 시조는 과거의 장르라고 여기는 분이 있다면

영문학자 장경렬의 『시간성의 시학』이란 책에서 (어려운 시조론은 건너뛰고) 작품론이 담긴 뒷부분만이라도 읽어 보기 바랍니다. 영문학자와 시조의 조합이 신기해서 들춰 봤다가, 새롭고 현대적인 작품들도 많고 심지어 외국 작가가 영어로 쓴 시조도 있어서 깜짝 놀랐답니다.

아무리 쉽게 썼다고 해도 이런 책을 읽다 보면 시가 좀 버겁고 힘겹게 느껴질 때가 있습니다. 이럴 땐 동시에 눈을 돌려도 좋습니다. 이안의 동시 평론집 『다 같이 돌자 동시 한 바퀴』(문학동네)는 재미있으면서도 깊은 동시의 세계를 보여 줍니다. 나이 많은 어르신들이 동심 같은 진심을 노래한 시들도 시의 문턱은 낮추고 감동은 높여서 시와 가까워지는 데 도움이 되지요. 경상도 칠곡 할머니들의 『시가 뭐고?』(삶창)나 전라도 곡성 할머니들의 『시집살이 詩집살이』(북극곰) 같은 시집은 뭉클한 감동과 함께 시를 쓰고픈 마음까지 일으킵니다.

그래서 내친 김에 시를 쓰기로 했다면 오규원 시인의 『현대시작법』(문학과지성사)과 『이형기 시인의 시 쓰기 강의』(문학사상사)를 추천합니다. 전자가 시인 지망생들의 습작을 분석하고 교정한 풍부한 사례를 통해 시 창작법과 함께 시를 보는 눈을 키워 준다면, 후자는 시인 자신의 경험담을 통해 시란 무엇이며 시 쓰기는 어떻게 이루어지는지 보여 줍니다.

권영민, 『김소월 시전집』, 문학사상사

박일환, 『진달래꽃에 갇힌 김소월 구하기』, 한티재

기형도, 『입 속의 검은 잎』, 문학과지성사

김사인, 『어린 당나귀 곁에서』, 창비

김수영, 『거대한 뿌리』, 민음사

김현경, 『김수영의 연인』, 책읽는오두막

김종삼, 『북치는 소년』, 민음사

이숭원, 『김종삼의 시를 찾아서』, 태학사

김태정, 『물푸레나무를 생각하는 저녁』, 창비

김학주, 『중국문학사』, 신아사

라이너 마리아 릴케, 손재준 옮김, 『두이노의 비가』, 열린책들

_____, 김재혁 옮김, 『젊은 시인에게 보내는 편지』,
　　고려대학교출판부

_____, 안상원 옮김, 『릴케의 로댕』, 미술문화

로버트 프로스트, 손혜숙 옮김, 『가지 않은 길』, 창비

_____, 정현종 옮김, 『불과 얼음』, 민음사

박노해, 『노동의 새벽』, 느린걸음

박현수, 『한 권에 담은 264 작은 문학관』, 울력

박희병, 『나는 골목길 부처다』, 돌베개

브레히트 외, 김남주 옮김, 『아침저녁으로 읽기 위하여』, 푸른숲

에르트무트 비치슬라, 윤미애 옮김, 『벤야민과 브레히트』, 문학동네

아르킬로코스, 사포 외, 김남우 옮김 『고대 그리스 서정시』, 민음사

안토니오 스카르메타, 우석균 옮김, 『네루다의 우편배달부』, 민음사

엄경희, 『시: 대학생들이 던진 33가지 질문에 답하기』, 새움

오세영, 『시론』, 서정시학

울라브 하우게, 임선기 옮김, 『어린 나무의 눈을 털어주다』, 봄날의책

_____, 황정아 옮김, 『내게 진실의 전부를 주지 마세요』,
　　　실천문학사

월트 휘트먼, 공진호 옮김, 『휘트먼 시선: 오 캡틴! 마이 캡틴!』,
　　　아티초크

_____, 허현숙 옮김, 『풀잎』, 열린책들

윤동주, 『하늘과 바람과 별과 시』, 소와다리

송우혜, 『윤동주 평전』, 서정시학

오무라 마스오, 『윤동주와 한국 근대문학』, 소명출판

윤준 엮음⊠옮김, 『영국대표시선집』, 실천문학사

이문재, 『지금 여기가 맨 앞』, 문학동네

이바라기 노리코, 양동국 옮김, 「이웃나라 말의 숲」 등 11편, 『현대문학』
　　　2012년 5월호

_____, 정수윤 옮김, 『처음 가는 마을』, 봄날의책

_____, 박선영 옮김, 『이바라기 노리코의 한글로의 여행』,
　　　뜨인돌

이상, 이재복 엮음, 『이상 시선』, 지만지

＿＿＿, 권영민 엮음, 『이상 전집 1』, 태학사

정철훈, 『오빠 이상, 누이 옥희』, 푸른역사

이성복, 『불화하는 말들』, 문학과지성사

이성선, 『이성선 시전집』, 시와시학사

이시영, 『시 읽기의 즐거움』, 창비

임형선, 『시조의 이해』, 살림

윌리엄 버틀러 예이츠, 허현숙 옮김, 『예이츠 시선』, 지만지

＿＿＿＿＿＿＿＿＿＿＿＿＿, 김상무 옮김, 『예이츠 서정시 전집』,
        서울대학교출판문화원

마저리 브레이디, 권경수 옮김, 『예이츠와 모드 곤』, 글빛

전목 외, 유병례 외 옮김, 『전목의 중국문학사』, 뿌리와이파리

파블로 네루다, 정현종 옮김, 『질문의 책』, 문학동네

＿＿＿＿＿＿＿＿, 김현균 옮김, 『네루다 시선』, 지만지

파블로 네루다 외, 김남주 옮김, 『은박지에 새긴 사랑』, 푸른숲

페데리코 가르시아 로르카, 민용태 옮김, 『로르카 시 선집』,
        을유문화사

함민복, 『우울氏의 一日』, 세계사

허미자, 『허난설헌』, 성신여자대학교출판부

김명희, 『소설헌 허경란의 시와 문학』, 국학자료원

홍인숙, 『누가 나의 슬픔을 놀아주랴』, 서해문집

시 읽는 법

: 시와 처음 벗하려는 당신에게

2019년 3월 24일 　　초판 1쇄 발행

2023년 12월 4일 　　초판 5쇄 발행

지은이

김이경

펴낸이	**펴낸곳**	**등록**
조성웅	도서출판 유유	제406-2010-000032호(2010년 4월 2일)

주소

경기도 파주시 돌곶이길 180-38, 2층 (우편번호 10881)

전화	**팩스**	**홈페이지**	**전자우편**
031-946-6869	0303-3444-4645	uupress.co.kr	uupress@gmail.com

	페이스북	**트위터**	**인스타그램**
	www.facebook .com/uupress	www.twitter .com/uu_press	www.instagram .com/uupress

편집	**디자인**	**마케팅**
사공영	이기준	전민영

제작	**인쇄**	**제책**	**물류**
제이오	(주)민언프린텍	다온바인텍	책과일터

ISBN 979-11-89683-06-1 03800

열린 인문학 강의

**전 세계 교양인이 100년간 읽어 온
하버드 고전 수업**

윌리엄 앨런 닐슨 엮음, 김영범 옮김

'하버드 고전'은 유사 이래로
19세기까지의 인류의 지적 유산을
담은 위대한 고전을 정선한
시리즈로서 인류의 위대한 관찰과
기록, 사상을 담고 있다. 이 책은
하버드 고전을 읽기 위한 안내서로
기획되었으며 하버드를 대표하는
교수진이 인문학 고전과 대표 인물을
망라하여 풍부한 내용을 정제된
언어로 소개한다.

부모인문학

**교양 있는 아이로 키우는 2,500년
전통의 고전공부법**

리 보틴스 지음, 김영선 옮김

문법, 논리학, 수사학을 가르치는
서양의 전통 교육은 아이에게
인문학적 소양을 갖추게 하는 좋은
공부법이다. 모든 교육의 목적은
결국 새로운 정보를 저장하고(문법),
처리 검색하며(논리학),
표현하는(수사학) 능력을 키우는
것인데, 이 책에는 아이가 성인이
되어 자립적으로 살아갈 수 있는 키워
주는 고전공부법이 담겼다. 저자는
이 고전공부법을 소개하고 이를 현대
상황에 맞게 적용하는 법을 솜씨 있게
정리했다.